DEM SPANISCHEN HERZOG ERGEBEN

Historischer Liebesroman

LONDONER LORDS

SASHA COTTMAN

Übersetzt von
CORINNA VEXBORG

Buchgestaltung: Sasha Cottman

Übersetzt von Corinna Vexborg

Buchumschlag-Design: Erin Dameron-Hill

Fotocopyright: Deposit Images.

Sasha Cottman https://sashacottman.com/

Kapitel Eins

N*arros-Palast, Spanien*
September 1816

Lisandro de Aguirre, Herzog von Tolosa, war kein Freund von Partys oder Bällen. Es waren normalerweise langweilige Angelegenheiten, die rein politischen Zwecken dienten. Er wäre heute Abend nicht einmal hier, wenn diese großartige Versammlung im Palacio de Narros nicht der Hochzeit von König Ferdinand mit der Infantin von Portugal, Maria Isabel, gedenken würde.

Die Hochzeit selbst hatte etwa zweihundertsiebzig Meilen entfernt in Madrid stattgefunden. Diejenigen, die den König unterstützten, wollten unbedingt feiern, während sich alle anderen offensichtlich die Mühe gemacht hatten, an der Party teilzunehmen, um den Schein zu wahren.

Lisandro war eindeutig einer der Letzteren. Er wusste, wenn er nicht auftauchte, würde seine Abwesenheit bemerkt werden. Und da der König jeden Tag unbeliebter wurde, waren seine Spione überall auf der Suche nach möglichen Andersdenkenden. Es gab Gerüchte, dass Menschen verhaftet wurden und verschwanden. Ein kluger Mann forderte ein solches Schicksal nicht heraus.

Er trank seinen Wein aus und reichte das Glas einem vorbeigehenden Diener. Er wandte sich wieder der Tanzfläche zu und setzte seine langsame Suche im Raum fort. Irgendwo in dieser Menge musste es heute Abend eine dralle Señora geben, die bereit war, sein Bett zu teilen.

Kommen Sie jetzt, meine Damen. Beschenkt mich mit eurem Lächeln.

Der Rücken eines langen blauen Kleides fiel ihm ins Auge, und er hielt inne. Obwohl es in der spanischen Gesellschaft nicht ungewöhnlich war, ein Kleidungsstück in dieser Farbe zu sehen, war es der Stil, der ihn überraschte. Fast jede zweite der anwesenden Frauen war in der hohen Mode des spanischen Königshofs gekleidet; diese bestimmte Frau war es definitiv nicht.

Da ist eine, die schöpft ihre Inspiration aus dem Englischen und Französischen. Bravo.

Begierig darauf, einen besseren Blick zu bekommen, wartete er darauf, dass sich die Trägerin des Kleides umdrehte. Als sie es endlich tat, war sich Lisandro sicher, dass sein Herz stehen geblieben war. Für einen Moment oder zwei starrte er sie einfach nur an.

Von den hellbraunen Locken, die sorglos ihre blassen Wangen küssten, bis zu den berauschenden vollen Lippen war sie durch und durch eine wahre baskische Schönheit.

Lisandro leckte sich die Lippen.

Perfektion.

Ein Paar warmer kaffeefarbener Augen starrte zurück. Er lächelte sie an. Das langsame, träge Blinzeln, das sie zurückgab, war die Ermutigung, die er brauchte.

Seine Pläne, eine der adligen Gemahlinnen zu verführen, mussten warten. Er musste diese junge Frau kennenlernen.

Schnell, aber nicht zu auffällig, ging er auf die andere Seite der Tanzfläche und hielt immer wieder an, um sich zu vergewissern, dass sie immer noch dort stand, wo er sie zuletzt gesehen hatte.

Sie tat es; er wusste das, weil er jedes Mal, wenn er innehielt, ihren Blick auffing.

Wo warst du mein ganzes Leben lang? Du bist atemberaubend!

Er konnte nur beten, dass sich diese mysteriöse Frau nicht als eine entfernte Verwandte entpuppen würde, die seine Mutter vergessen hatte zu erwähnen. Lisandro war sich sicher, dass er irgendwie mit jeder Adelsfamilie in diesem Teil Nordspaniens verwandt war.

Sie warf einen schnellen Blick zurück über ihre Schulter, als sie sich umdrehte und auf einen nahen Torbogen zusteuerte. Die Aufforderung an ihn, ihr zu folgen, war klar.

Ihr Wunsch ist mein Befehl.

Auf der anderen Seite des Bogens führte eine Tür zu einer breiten Steinterrasse. In dem Moment, als er nach draußen trat, holte Lisandro tief Luft. Die kühle Nachtluft war eine willkommene Abwechslung von der Hitze und dem Zigarrenrauch des überfüllten Ballsaals.

Hell brennende Feuerkäfige und Fackeln erhellten die Terrasse, während unten, hinter dem Strand von Zarautz, das tintenschwarze Kantabrische Meer lag.

Die mysteriöse Frau machte sich auf den Weg zu den Stufen, die die felsige Ufermauer hinunter und auf den Sand führten. Lisandro folgte ihr mit respektablem Abstand.

Ein perfektes, heimliches Stelldichein am Strand? Was für eine wunderbare Vorstellung.

Sie erreichte das obere Ende der Treppe und blieb stehen. *Verdammt.* Er verlangsamte seine Schritte. Sie drehte sich um und sah ihn an.

Im Licht der tanzenden Flammen einer nahen Fackel bemerkte er den unverkennbaren Ausdruck der Unsicherheit auf ihrem Gesicht.

Verdammt. Sie ist eine Unschuldige, die ein Spiel für Erwachsene spielt.

Lisandro hatte Regeln hinsichtlich junger, sexuell unerfahrener Frauen. Sofern ein Mann nicht vorhatte, das betreffende Mädchen zu heiraten, waren sie streng tabu. Vielleicht würde er ein wenig mit ihr spielen und ihre Kühnheit belohnen, aber nicht weitergehen.

Endlich erreichte er ihre Seite und tauchte in eine tiefe Verbeugung.

Sie schenkte ihm ein sanftes, aber eindeutig einstudiertes Lächeln. Lisandro unterdrückte ein Grinsen. Jemand hatte ihr die Kunst des subtilen Flirtens gut beigebracht. Einen Hauch von Interesse zu zeigen, aber nicht mehr. Frauen hüteten ihren Ruf in diesem Teil der Welt sorgfältig.

»*Buenas tardes, Señorita*«, sagte er.

»Ach, wirklich? Ich bin nicht sicher. Wenn man bedenkt, dass Sie, ein vollkommen Fremder, mich die ganze Zeit angestarrt haben und mir jetzt von den anderen Gästen weg nach draußen gefolgt sind, muss ich mich fragen, ob Sie mir aufrichtig einen guten Abend wünschen. Oder ist das nur Ihre übliche Eröffnungszeile für Frauen?«, entgegnete sie.

O ja, du wurdest gut unterrichtet. Unter anderen Umständen könnten wir beide uns herrlich miteinander amüsieren. Wie schade.

Er riskierte einen Blick auf ihre Hände, dankbar, dass das Wetter zu heiß war, um formelle Handschuhe zu tragen. Ein weißer Fächer hing mit einem Stück passendem Band an ihrem Handgelenk befestigt. Um ihren Hals trug sie eine dicke Goldkette, an der ein Santiago-Medaillon hing. An ihren langen, schlanken Fingern war kein Ehe- oder Verlobungsring zu sehen.

Eine unverheiratete Schönheit.

Wer auch immer diese Vision von Lieblichkeit war, es schien, als hätte noch niemand Anspruch auf sie erhoben. *Interessant.*

»Sie verstehen mich ganz falsch. Ich wünsche Ihnen nur das Beste.«

Sie musterte ihn von oben bis unten, das sanfte Lächeln auf ihren Lippen teilte ihm mit, dass sie mit dem, was sie sah, zufrieden war.

»Genießen Sie den Abend?«, fragte er.

Sie zuckte mit den Schultern. »Es ist so, wie ich es erwartet habe. Eine Party voller Leute, die über Politik diskutieren und übereinander lästern. Die meisten Leute sind nur hier, um gesehen zu werden.«

Lisandro hob bei ihren Worten eine Augenbraue. Es war ungewöhnlich, eine junge Frau von Qualität zu finden, die große gesellschaftliche Ereignisse nicht mochte. Es sprach von einem Geist, der sich für wichtigere Dinge interessierte. »Ich dachte, alle jungen Señoritas würden sich auf diesen Abend freuen. Es kommt nicht jeden Tag vor, dass der König eine neue Braut nimmt.«

Sie kniff die Augen zusammen. Ihre lockere Haltung änderte sich zu Vorsicht. Er forschte nach, versuchte herauszufinden, was sie wirklich über den König dachte. Sah sie ihn auch als Tyrannen?

»Nun, natürlich habe ich mich auf heute Abend gefreut. Alle treuen Untertanen wünschen Seiner Katholischen Majestät Glück«, antwortete sie. »Aber die Räume des Narros-Palastes sind stickig und überfüllt. Das war alles, was ich meinte.«

Weise Worte. Lass niemals jemanden wissen, was du wirklich über den König denkst, es sei denn, du unterstützt ihn voll und ganz.

Lisandro kam näher und stellte sich neben die junge Frau; sein Blick richtete sich auf das nächtliche Meer. Am Rand des Wassers konnte er die weiße Schaumlinie der Wellen ausmachen. Er liebte das Meer. Es war schade, dass sein Elternhaus in Tolosa etwa sechzehn Meilen landeinwärts lag, und heutzutage machte er selten die Reise nach Norden in die Küstenstadt Zarautz.

»Lieben Sie nicht auch den Geruch von Meersalz in der Luft?«, fragte sie.

Lisandro schmunzelte. Dieses Mädchen war wirklich anders als die meisten anderen Frauen, die er getroffen hatte. Sie war wie die Luft, eine erfrischende Abwechslung. *Schön, intelligent und interessant. Was für eine verlockende Kombination.*

»Ich muss zugeben, ich finde, dass die Meeresbrise Wunder

für meine Seele bewirkt. Wenn ich im tiefen Blau segele, finde ich es berauschend«, antwortete er.

»Sind Sie schon weit von Spanien weggereist?«, fragte sie mit deutlichem Interesse in ihrer Stimme.

Er drehte sich zu ihr um. »Ja. Viele Male. Ich habe mich bis nach Dänemark in den Norden gewagt, aber meine Reisen haben mich meistens nach England und gelegentlich nach Frankreich geführt.«

Sie schaute zu ihm hoch. »Ich würde gerne ein anderes Land sehen. Um verschiedene Menschen und ihre Kulturen zu erleben.«

»Nun, ich hoffe, dass Sie die Gelegenheit bekommen werden. Einige meiner engsten Freunde leben in England, und ich hätte sie nie kennengelernt, wenn ich nicht gereist wäre.«

Als Antwort auf seine aufmunternden Worte erhielt er ein sanftes Lächeln. Ein Funke entzündete sich in seinem Gehirn. Sie hatte eine Freundlichkeit an sich, eine Wärme, die Lisandro plötzlich dazu brachte, sich vorzustellen, er würde sie in seine Arme schließen und sie nach Hause bringen – zu seiner Mutter.

Wer bist du? Ich muss dich besser kennenlernen.

Schwere Schritte erklangen auf dem Steinpflaster hinter ihnen. Die Frau trat von Lisandro weg. Ihr Blick fiel auf denjenigen, der sich näherte, und ihr Lächeln verschwand sofort.

Lisandro drehte sich um, und alle Fröhlichkeit verflog.

Diego de Elizondo Garza, der Sohn des Feindes seiner Familie, stürmte auf sie zu, die Hände fest an der Seite geballt.

Mierda. Siehst du nicht, dass ich versuche, meinen Charme an dieser jungen Frau zu versprühen?

»Don de Aguirre, wenn Sie sich nicht von meiner Schwester entfernen, bringe ich Sie um«, sagte Diego.

Schwester? O nein.

Die junge Frau, deren Gesicht eine Studie des Schocks war, blickte von Diego zu Lisandro.

»Lisandro de Aguirre? Herzog von Tolosa?«, fragte sie.

Lisandro nickte. Vor dieser unerwarteten Unterbrechung war

er kurz davor gewesen, sich vorzustellen. Er zeigte auf Diego. »Er ist Ihr Bruder, also sind Sie ...«

Diese braunen Augen, die noch vor einem Moment so vielversprechend gewesen waren, waren aus massivem Granit, als sie seinem Blick begegnete. »Maria de Elizondo Garza, Tochter des Herzogs von Villabona. Ich sehe, ich habe mich schwer geirrt, als ich dachte, Sie seien ein höflicher und ehrenwerter Herr, der meine Bekanntschaft machen möchte. Wie dumm von mir.«

Tut mir leid, Mama. Da geht sie dahin, die Möglichkeit, deinen Wunsch nach Bebés zu erfüllen.

Lisandro trat einen schnellen Schritt zurück und verbeugte sich kurz. »Ich entschuldige mich, ich hätte Ihnen früher sagen sollen, wer ich bin.« Er machte auf dem Absatz kehrt und ging davon. Das Letzte, was er wollte, war, einen Skandal zu verursachen. Der Versuch, sich um die Gunst der unverheirateten Tochter des schlimmsten Feindes seiner Familie zu bemühen, würde sicherlich genau dazu führen.

Aber Diego de Elizondo versperrte ihm den Weg zurück zur Veranstaltung. Als Lisandro einen Schritt zur Seite machte, um ihn zu umgehen, folgte der junge Adlige mit harter Miene seiner Bewegung.

Mach nichts Dummes, Lisandro. Du hast mit seiner Schwester gesprochen; lass ihm seinen Moment der Empörung.

Diego war gut sieben Zoll kleiner als Lisandro mit seinen über sechs Fuß. Und obwohl er Lisandro nur bis zur Schulter reichte, machte er dies mit seinem Temperament eindeutig wett. Er trat näher an Lisandro heran und drückte hart gegen seine Brust.

»Was zum Teufel hast du in der Nähe meiner Schwester zu suchen?«, fragte er.

»Nichts. Ich habe nur mit ihr gesprochen. Glauben Sie mir, wenn ich gewusst hätte, wer sie ist, hätte ich es nicht getan«, antwortete Lisandro.

Wut blitzte in Diegos Augen auf, und er stürzte sich ein zweites Mal auf Lisandro. Lisandro machte einen geschickten

Schritt zurück, was seinen Angreifer ins Wanken brachte, als er nur Luft berührte. Lisandro behielt entschlossen die Fassung.

Hitzköpfiger Narr. Warum würdest du bei einer königlichen Hochzeitsfeier einen Streit anfangen wollen?

Andere Gäste begannen aus dem Palast zu strömen und umringten das Paar. Lisandro schüttelte den Kopf. Natürlich wollten die Leute einen Kampf sehen. Das Spektakel würde ihnen für den Rest des Abends reichlich Gesprächsstoff bieten.

Sein Blick schweifte über den sich schnell zusammenrottenden Mob. Er hatte das schon allzu oft gesehen und würde niemandem diese Art von Befriedigung verschaffen – besonders nicht auf seine Kosten. *Euch Leuten sind unsere beiden Familien doch so was von egal. Ihr wollt nur Blutvergießen sehen. Verdammt seid ihr alle.*

»Diego de Elizondo, ich entschuldige mich für jede Beleidigung, die ich Ihnen, Ihrer Schwester oder Ihrer Familie zugefügt haben könnte.« Lisandro erspähte eine Lücke in der Menge und ging darauf zu. Glücklicherweise versuchte Diego nicht, ihm zu folgen.

Lisandro wollte mit niemandem kämpfen. Er war mehr besorgt über seine bittere Enttäuschung, dass die Person, die heute Abend seine Aufmerksamkeit erregt hatte, eine Frau war, mit der er sich niemals anfreunden, geschweige denn eine Beziehung aufbauen konnte.

Das Einzige, was schlimmer war, als gezwungen zu sein, einer langweiligen Party beizuwohnen, war, dass er sich lächerlich gemacht hatte, als er versuchte, die Tochter seines Feindes für sich zu gewinnen.

Kaum war der Herzog von Tolosa verschwunden, blickten sich Maria und Diego in die Augen.

Also los.

Sie knirschte mit den Zähnen und schwieg, während die

anderen Gäste zurück zur Party gingen. Es gab mehr als ein enttäuschtes Grummeln über das Ausbleiben einer Schlägerei.

Ihr Bruder war wütend. Und da Lisandro de Aguirre ihm nicht die Genugtuung eines öffentlichen Streits verschafft hatte, bestand jede Chance, dass sie die Nächste in Diegos Schusslinie sein würde.

Er enttäuschte ihre Erwartungen nicht.

»Warum warst du allein hier auf der Terrasse?«

»Ich wollte frische Luft. Und um dem Klatsch zu entkommen. Ich habe heute Nacht genug widersprüchliche Stimmen über den König gehört, um zu wissen, dass dies ein gefährlicher Ort ist«, erwiderte sie.

»Ja, hier gibt es zu viele Leute, die mit ihren Worten indiskret sind. Aber ohne Begleitperson hier herauszukommen, war auch dumm. Du darfst nicht dabei gesehen werden, wie du mit Don de Aguirre sprichst. Wie, glaubst du, wird das für Graf Delgado aussehen?«, fragte er.

Maria verkniff sich eine scharfe Erwiderung. Es schien, dass alles, was sie in letzter Zeit tat, durch die Linse dessen betrachtet wurde, was Graf Juan Delgado Grandes denken würde und welche Auswirkungen ihre Handlungen auf ihren Brautpreis haben könnten. Je früher die Verlobungsverhandlungen zwischen ihrem Vater und Don Delgado abgeschlossen wurden, desto besser.

»Ich wusste nicht, wer er war, bis du ankamst. Aber vorher war er höflich, und wir führten ein angenehmes Gespräch. In dem Moment, als ich seine Identität herausfand, machte ich meine Position ihm gegenüber klar«, erwiderte sie.

»Du musst gewusst haben, wer er war!«

Maria schüttelte den Kopf. Bis zu diesem Abend war das Einzige, was sie über den Herzog von Tolosa wusste, das, was ihr ihre Eltern und ihr Bruder erzählt hatten. »Ich bin dem Mann noch nie begegnet. Abgesehen davon, dass er mir seinen Namen nicht genannt hat, hat er eigentlich nichts falsch gemacht. Er entschuldigte sich sogar für dieses Versehen.«

Diego schnaubte. »Alles, was er getan hat, als er sich dir näherte, war falsch. Maria, er ist der Feind unserer Familie!«

Wie oft hatte sie die Geschichte der jahrhundertealten Fehde zwischen den Clans Aguirre und Elizondo gehört? Maria war sich sicher, dass sie das Ganze Wort für Wort ohne Pause aufsagen konnte.

Von dem Moment an, als sie es verstehen konnte, war ihr eingetrichtert worden, dass der Herzog von Tolosa böse war. Tatsächlich galt jeder aus der Stadt Tolosa als schlecht; sogar die Priester wurden mit Argwohn betrachtet.

»Ich bin mir sehr wohl bewusst, dass Don de Aguirre der fleischgewordene Teufel ist. Hätte ich ihn mit meinem Fächer schlagen sollen? Hättest du dich dadurch besser gefühlt?«

»Ja. Du hättest ihm damit ins Gesicht schlagen sollen«, antwortete Diego. Ein knappes Nicken ließ Maria schließlich erleichtert aufseufzen.

Diego. Immer auf der Suche nach Streit. »Ich habe nicht die Angewohnheit, fremde Männer anzugreifen, die nichts anderes getan haben, als eine angenehme Unterhaltung zu führen«, sagte sie.

Diego gab einen missbilligenden Laut von sich, bevor er Maria seinen Arm anbot. »Nun, jetzt, wo ich meine Position klargemacht habe, halte ich es für das Beste, wenn du und ich wieder hineingehen. Wir wollen nicht, dass du dich hier draußen erkältest. Und Padre möchte, dass du morgen ausgeruht und frisch aussiehst.«

Es kostete Maria ihre ganze Kraft, nicht die Augen zu verdrehen. »Ja, natürlich. Man möchte nicht, dass das Fleisch für Don Delgado weniger als schmackhaft aussieht.«

Ihr Bruder war so vernünftig, nicht zu antworten.

Als sie zurück zur Party gingen, hatte Maria Durst auf ein großes Glas Malaga – oder sonst irgendwas, was sie von ihrer Begegnung mit Lisandro de Aguirre ablenken würde.

In dem Moment, als sie ihn gesehen hatte, hatte ihr Körper

reagiert. Als der hohe Adlige durch den Raum auf sie zuge-kommen war, war Marias Mund trocken geworden.

Bis zu dem Moment, als er ihr seinen Namen genannt hatte, hatte sie ihn mit freudigem Interesse betrachtet. Er hatte ein Leben außerhalb der klösterlichen Domäne des spanischen Adels erlebt. Er hatte etwas von der Welt gesehen. Er hatte ein Leben gelebt. Ganz zu schweigen davon, dass er teuflisch gut aussehend war.

Als sie allein mit ihm auf der Terrasse gestanden hatte, war sie fasziniert gewesen. Sein schulterlanges, dunkles Haar, leicht eingeölt und aus seinem Gesicht zurückgekämmt, ließ ihr Herz höher schlagen. Und diese Lippen, die voller Versprechen auf sinnliche Küsse waren. Sie konnte sich vorstellen, wie sie sich auf ihrer Haut anfühlen würden.

Maria schluckte schwer. Lisandro war nicht mehr zu sehen, und doch beeinflusste er ihr Denken. Vielleicht war er nur deshalb in der Lage, ihr Interesse zu wecken, weil er für immer außerhalb ihrer Reichweite bleiben würde. Der schmerzende Hunger, der noch lange anhielt, nachdem er sich verabschiedet hatte, lag sicher nur daran, dass sie ihn nicht haben konnte.

Verbotene Frucht.

Ihre Mutter hatte immer gesagt, sie sei zu leidenschaftlich, unfähig, ihre ungezogene Natur zu kontrollieren. Dass es sie eines Tages viel kosten würde.

Sie fing den Blick eines vorbeigehenden Dieners auf, der ein Tablett mit Getränken trug, und winkte ihn zu sich. Nachdem sie sich ein Glas des süßen spanischen Weins ausgesucht hatte, hob Maria es an ihre Lippen und prostete schweigend auf ihren Mangel an Vermögen an, wenn es um Männer ging.

Aber so sehr sie es auch versuchte; ihre Gedanken kehrten immer wieder zum Herzog von Tolosa zurück. Der große, dunkle und verbotene Lisandro de Aguirre.

Es juckte sie, mit dem Handrücken über sein anziehendes, stoppeliges Gesicht zu streichen und dann eine sanfte Linie über das exquisite Grübchen auf seinem Kinn zu ziehen. Maria schauderte bei der Aussicht, ihm so nahe zu sein.

Ein leises Glucksen entkam ihren Lippen. Sie würde nie die Gelegenheit bekommen, irgendetwas davon zu tun. Es war sehr wahrscheinlich, dass sie den Herzog von Tolosa nie wiedersehen würde. Und wenn das keine Schande war, wusste Maria de Elizondo Garza nicht, was eine war.

Kapitel Zwei

A m nächsten Morgen saß Maria an einem kleinen Balkontisch in der Villa, die ihre Familie gemietet hatte. Ihr Zuhause war dreizehn Meilen entfernt – zu weit, um die Strecke für eine Nacht voller Hochzeitsfeiern an einem einzigen Tag zurückzulegen.

Während sie ihr Frühstück beendete, blickte sie träge auf das Kantabrische Meer hinaus. Verschiedene Fischerboote schaukelten auf den dunkelblauen Wellen auf und ab, während über ihnen Möwen kreischten. Es war das perfekte Küstenbild.

Das Einzige, was den Moment verdarb, war die Anwesenheit ihres Bruders Diego und sein anhaltendes Gejammer über die Ereignisse des Vorabends. Maria hatte es schon lange aufgegeben, ihn vernichtend anzustarren, hegte aber immer noch eine gewisse Hoffnung, dass er den Hinweis verstehen und wegen des Herzogs von Tolosa den Mund halten würde.

»Der Mann hat vielleicht Nerven. Er muss gewusst haben, wer du bist. Ich hätte ihn herausfordern und Genugtuung verlangen sollen.«

Maria nahm einen langen, tiefen Schluck von ihrem heißen *café con leche*. Sie hoffte, dass der Kaffee bald ausreichen würde, um sie von dem beharrlichen Jammern ihres Bruders abzulenken.

Leider war dem nicht so.

»Du darfst kein Duell ausfechten; der Papst hat es dir verboten. Und es war eine Hochzeitsfeier, also glaube ich kaum, dass König Ferdinand es freundlich aufnehmen würde, wenn er erfährt, dass jemand an seinem glücklichen Tag gestorben sein könnte«, entgegnete sie.

Es war nicht so, dass sich ihr Bruder jemals in einer Situation befunden hatte, in der er ein Schwert oder eine Pistole gegen einen Mann einsetzen musste. Der schlimmste Widersacher, mit dem er es je zu tun haben würde, so hoffte Maria, wäre ein iberischer Wolf oder ein Braunbär.

Ihr Blick kehrte zum Meer zurück. Die Flut ging langsam, und mehrere Boote bahnten sich ihren Weg ans Ufer. Maria bezweifelte, dass sie solche faulen Morgen genießen würde, sobald sie mit dem ehrgeizigen Juan Delgado verheiratet war.

Sie griff nach ihrer goldenen Kette und tadelte sich im Stillen dafür, dass sie heute Morgen vergessen hatte, sie anzulegen. Sobald sie mit dem Frühstück fertig war, würde sie nach oben gehen und das Schmuckstück holen. Maria ging nirgendwo hin ohne ihr Santiago-Medaillon.

»Und wo wir gerade von glücklichen Tagen sprechen, wie laufen die Mitgiftverhandlungen heute Morgen? Vater schien nicht erfreut zu sein, als ich ihn vorhin gesehen habe«, fügte sie hinzu.

»Nicht gut. Juan Delgado ist ein zäher Verhandlungsführer. Nach allem, was Papa ihm angeboten hat, verlangt er immer noch nach mehr. So wie die Dinge laufen, kannst du dich glücklich schätzen, wenn du noch vor Weihnachten Braut sein wirst«, antwortete Diego.

Wie schade.

Sie würde daran denken müssen, vor ihrem Vater Enttäuschung vorzutäuschen, wenn er die Vereinbarung heute nicht besiegeln könnte.

Ein Schatten fiel über die beiden Geschwister, und Maria blickte auf, um den vertrauten Berater ihres Vaters, Señor Perez, in der Nähe stehen zu sehen. Der grauhaarige Mann lächelte und verneigte sich vor ihnen. »Don Diego. Doña Maria. Welch wunderschöner Morgen. Die Sonne scheint, und es ist keine Wolke am Himmel. Gott lächelt heute wirklich auf uns herab.«

Maria und Diego tauschten ein Grinsen aus. Señor Perez war schon immer jemand, der lyrisch daherredete.

Diego erhob sich von seinem Stuhl und verbeugte sich höflich vor Maria. »Ich muss gehen und sehen, wie sich die Dinge entwickeln. Obwohl ich nicht viel Hoffnung hege.«

Señor Perez nickte. »Viel Glück. Sie haben noch um Schmuck gefeilscht, als ich vor ein paar Augenblicken gegangen bin.«

Maria trank den letzten Kaffee aus und stand ebenfalls auf. Señor Perez streckte ihr seine Arme entgegen und bot ihr eine Umarmung an. »Keine Sorgen. Ihr Vater wird schließlich die Dinge regeln. Möchten Sie in der Zwischenzeit am Strand spazieren gehen? Einer der Mitarbeiter der Villa erwähnte, dass die Fischer oft köstliche, frische Muscheln zum Verkauf anbieten.«

Sie hatte diesen Mann ihr ganzes Leben lang gekannt, betrachtete ihn als einen Onkel. Einen warmen Sommermorgen mit ihm im Sand zu verbringen, war eine perfekte Idee. Die kühle Meeresbrise würde ihr helfen, einen klaren Kopf zu bekommen.

»Lassen Sie mich nur schnell meine Halskette holen, und dann treffe ich Sie an der Steintreppe, die hinunter zum Strand führt«, sagte sie.

»Wie wäre es, wenn wir jetzt sofort gehen? Wenn wir uns verspäten, sind die Fischer vielleicht schon weg. Und es wäre so schade, diese Muscheln zu verpassen. Ich verspreche, wir werden nicht lange weg sein«, sagte er.

Sie nickte. »Gut, gehen wir. Ich bin sicher, dass ich ein paar Minuten ohne meinen Anhänger überleben kann.«

Kurze Zeit später folgte Maria Señor Perez, als er sie auf die goldene Weite des Strandes von Zarautz führte. Sie holte tief

Luft; die salzige Luft war herrlich. So nah am Meer zu sein, wirkte sich immer positiv auf ihre Stimmung aus.

Lisandro de Aguirre hatte recht mit der Verlockung des Meeres.

Maria wollte nicht darüber nachdenken, warum ihre Gedanken immer wieder zum Herzog von Tolosa zurückkehrten, nahm Señor Perez am Arm und lächelte ihn an. Ein Themenwechsel war angesagt.

»Ich habe Sie letzte Nacht nicht auf dem Ball gesehen«, sagte sie.

Er verzog sein Gesicht. »Sie kennen mich doch, ich bin nie jemand für solche Dinge. All das Tanzen und höfliche Reden? Nein danke.«

»Oh, kommen Sie schon, Tío, ich habe Sie tanzen sehen. Die Damen freuen sich immer, mit Ihnen über das Parkett zu wirbeln.«

Er beugte sich vor und begegnete ihrem Blick. Die blasse Farbe seines Gesichts und die dunklen Ringe unter seinen Augen ließen sie innehalten. Er sah müde aus. »Ich bin gestern Abend früh ins Bett gegangen. Ich bin kein junger Mann mehr. Ich brauche meinen Schlaf.«

»Zieht!« Der laute Ruf der Männer kam mit dem Wind, und Maria drehte sich um und sah, wie ein Fischerboot ans Ufer gezogen wurde. Töpfe, Netze und Seile wurden über die Seite geworfen. Señor Perez stieß sie sanft an.

»Lassen Sie uns gehen und nachsehen, ob sie Muscheln zu verkaufen haben. Ich hätte gerne welche davon, in Knoblauch gebraten.«

Maria hob ihre Röcke und tat ihr Bestes, um sie trocken zu halten. Der Gedanke an frische Meeresfrüchte war eine nette Ablenkung von ihren neuen Sorgen um die Gesundheit des vertrauten Dieners ihres Vaters.

Als sie sich dem kleinen Boot näherten, stellten die Fischer ihre Arbeit ein und standen mit gesenktem Kopf da. Einer nach dem anderen streiften sie ihre Wollmützen ab und hießen Maria willkommen.

»*Buenos días,* gute Herren. Hatten Sie einen erfolgreichen Tag auf dem Meer?«, fragte Señor Perez.

Die Männer sahen von einem zum anderen, dann trat schließlich einer von ihnen vor und verbeugte sich tief. »Wir haben viele Fische gefangen«, antwortete er.

Maria löste ihre Hand vom Arm ihres Begleiters und ging auf das Boot zu. Sie wollte unbedingt sehen, was sich in den Fischtöpfen befand. »Haben Sie Muscheln, oder sollen wir weiter oben am Strand fragen?«

Der Mann grinste fröhlich und nickte dann. »Ja. Ja, wir haben Muscheln. Kommen Sie. Kommen Sie und sehen Sie.«

Er bedeutete ihr, sich dem Boot zu nähern, aber das Wasser ließ sie zögern. Nasse Röcke würden ihr sicher eine Schelte von ihrer Mutter einbringen.

»Bringen Sie die Töpfe auf den Sand«, sagte Señor Perez. Er steckte seine Hand in seine Jackentasche und zog eine Handvoll Münzen heraus. Das Geld hatte schnell die gewünschte Wirkung, und zwei große Töpfe wurden über die Bordwand gehoben und zu ihnen getragen.

Zwei Fischer blieben beim Boot. Sie begannen, es zurück ins Wasser zu ziehen.

Maria beugte sich über den ersten der Töpfe. »Die sehen gut aus. Sie ...«

Starke Arme schlangen sich plötzlich um ihre Mitte. Sie wurde heftig von den Füßen gerissen.

»Was machen Sie? Lassen Sie mich sofort los!« Sie trat und wand sich und kämpfte darum, sich zu befreien. Aber der Mann, der sie hielt, verstärkte nur seinen Griff. Die Arme fest an ihren Körper gepresst, kämpfte sie darum, sich gegen ihren Entführer durchzusetzen.

»Señor Perez, helfen Sie mir!«, rief sie.

Ihr Freund trat mit erhobener Hand vor. »Bitte nicht!«, flehte er.

Eine große schwarze Keule brachte ihn schnell zum Schweigen. Er brach bewusstlos im Sand zusammen.

Maria schrie.

Der Wind trug ihre Proteste schnell davon. Dann legte sich eine riesige, raue Hand auf ihren Mund und beendete jede weitere Chance, die sie hatte, um Hilfe zu rufen.

Ihr Entführer war stark, ihre fortwährenden Bemühungen um Freiheit erreichten nichts weiter, als sich selbst zu ermüden. Aus der Gruppe der Fischer tauchte ein weiterer Mann auf. Sie wimmerte beim Anblick seines stark vernarbten Gesichts. Aus der Art, wie er sprach, ging hervor, dass Spanisch nicht seine Muttersprache war. Maria fing Wortfetzen auf, von denen sie wusste, dass sie englisch waren.

In seinen Händen hielt er einen großen braunen Jutesack. Als er das Ding hochhob und über ihren Kopf stülpte, floh all ihre Hoffnung.

»Schaff sie in das verdammte Boot!«, bellte er.

Maria kämpfte ein letztes Mal verzweifelt und schlug mit den Füßen um sich. Ihr Stiefel berührte einen Körper, und ein Schmerzensschrei war ihre Belohnung.

Sie bekam keine weitere Chance zuzuschlagen, als ein plötzlicher, scharfer Schmerz ihren Kopf zurückzucken ließ. Ihre Welt drehte sich widerlich, und sie versank in Dunkelheit.

Kapitel Drei

❧

Zwei Wochen später ...
Schloss Tolosa, Spanien

Oben auf dem Kamm zog Lisandro die Zügel seines grauen Wallachs zurück, und das Pferd verlangsamte zu einem sanften Schritt. Es war mitten am Vormittag an einem weiteren schönen Tag auf dem Anwesen seiner Familie.

Auf dem Feld unter ihm waren seine Arbeiter damit beschäftigt, den Boden für die neue Weizenernte vorzubereiten, die am Ende des Monats ausgebracht werden würde. Die Klänge eines alten spanischen Volksliedes drangen an seine Ohren, und er lächelte. Irgendwo dort unten war seine führende Hand, Manuel, und unterhielt fröhlich alle, während sie arbeiteten.

Das Pferd kam zum Stehen, und Lisandro lehnte sich im Sattel zurück und hob sein Gesicht in die Sonne. »*La bendición de Dios*«, flüsterte er. Dies war wirklich ein von Gott gesegnetes Land.

In Spanien herrschte Frieden. Der Krieg mit Frankreich war vorbei. Die einzigen grauen Wolken am Horizont waren das Grollen der Unzufriedenheit über die Rückkehr von König

Ferdinand. Lisandro hoffte insgeheim, dass sein Land nicht in einen Bürgerkrieg geraten würde, aber der König erwies sich als der schlimmste Monarch.

Aber vorerst war Lisandro zu Hause und arbeitete daran, dass das Tolosa-Anwesen wieder finanziell erstarkte. Er hatte Dinge vernachlässigt, während er im Krieg gewesen war. Sein eigenes Leben hatte er auf Eis gelegt, während er dafür kämpfte, sein Land vom Einfluss Napoleons zu befreien.

Die Zeit zu Hause ließ ihn über viele Dinge nachdenken, besonders über seine Zukunft.

Er war einsam. Sein Bett war leer. Lisandro sehnte sich nach jemandem, mit dem er sein Leben teilen und eine Familie gründen konnte. Eine besondere Frau, die sein Herz hält. Eine Ehefrau.

Die Suche nach der richtigen Frau erwies sich als schwieriger, als er erwartet hatte.

So schade, dass die Schönheit auf diesem Ball Maria de Elizondo Garza war. Wenn sie jemand anderes gewesen wäre, wäre sie perfekt.

Eine kleine Staubwolke auf der Straße fiel ihm ins Auge und riss ihn aus seinen Gedanken. Lisandro runzelte die Stirn. Nur wenige Reisende wagten sich von der Hauptverkehrsstraße ab, die auf ihrem Weg zur Küste durch die Altstadt von Tolosa führte. Dies war ein verschlafener Teil der Welt.

Lisandro holte aus seiner Satteltasche ein Fernglas hervor und richtete es auf den sich bewegenden Staub. Es war eine Kutsche, die mit hoher Geschwindigkeit auf das Schloss von Tolosa zusteuerte. Er konnte die Markierungen an der Seite nicht ganz erkennen. Sie schienen mit schwarzem Stoff bedeckt zu sein.

Seltsam.

Er knirschte mit den Zähnen. Unerwarteter Besuch brachte seiner Erfahrung nach selten gute Nachrichten. Und dieser Gast wollte seine oder ihre Ankunft offensichtlich nicht ankündigen.

Lisandro steckte das Glas wieder in seine Tasche, drehte den Kopf seines Pferdes und machte sich auf den Weg nach Hause.

Im Hof des Schlosses stieß er auf die Kutsche. Nachdem er von seinem Pferd abgestiegen war, übergab er einem Diener die Zügel und ging hinüber, um die Kutsche zu inspizieren. Er hob das schwarze Tuch, das die Tür bedeckte, und runzelte die Stirn bei dem Anblick, der sich ihm bot.

An der Seite der Kutsche prangte ein Schild mit schwarz-weißem Schachbrettmuster, der mit einem silbernen Helm und einem Federkamm gekrönt war. Das Wappen der Familie Elizondo.

Er fluchte leise. Was zum Teufel machte der erklärte Feind seiner Familie in seinem Haus?

»Don de Aguirre?«

Lisandro drehte sich um und zuckte zusammen. Diego de Elizondo stand vor ihm. Anstatt seine Fäuste drohend vor Lisandros Gesicht zu wedeln, verneigte sich Diego zu einer tiefen Verbeugung. An seiner Gestalt waren weder ein Schwert noch eine Pistole zu sehen. *Was zum Kuckuck ist denn los?*

Lisandros Nackenhaare stellten sich auf. Misstrauen durchzog seinen ganzen Körper. Warum sollte ein anscheinend unbewaffneter Diego hier sein? Er fürchtete, die Antwort zu kennen.

Denk daran, wer du bist, Lisandro de Aguirre. Dieser Mann ist ein Gast; behandle ihn mit der Höflichkeit, die er verdient. Wenn er irgend-welche Probleme verursacht, dann hast du das Recht, ihn zu töten.

Bei dem Gedanken verzog er das Gesicht; Lisandro hoffte, dass seine Tage des Blutvergießens weit hinter ihm lagen.

»Don Diego, das kommt höchst unerwartet. Haben Sie sich vielleicht verirrt?«, fragte er und bemühte sich um einen Anflug von Leichtigkeit.

In dem Moment, als sich Diego endlich aufrichtete und Lisandros Blick begegnete, verschwanden alle Gedanken an Humor aus seinem Kopf. Der Erbe des Titels des Herzogs von Villabona war ein jüngerer Mann als er selbst, aber in den Wochen, seit Lisandro ihn das letzte Mal gesehen hatte, schien Diego gealtert zu sein, und zwar gleich um gut zehn Jahre.

»Ich komme in Frieden, um Ihre Führung und Hilfe zu suchen. Könnten wir vielleicht irgendwo unter vier Augen sprechen, Don de Aguirre? Ich habe eine ernste Angelegenheit zu besprechen«, erwiderte Diego.

Lisandro tätschelte seine Manteltasche, erfreut darüber, dass er die Angewohnheit, immer eine geladene Pistole bei sich zu tragen, nicht aufgegeben hatte. Zuversichtlich, sich notfalls verteidigen zu können, entließ er die versammelten Diener.

Er fing den Blick eines seiner dienstältesten Mitarbeiter auf, und der Mann nickte. Wenn Lisandro etwas passierte, würde Diego Schloss Tolosa nicht lebend verlassen.

Als alle Eventualitäten vorbereitet waren, führte er Diego durch einen steinernen Torbogen um die Burg herum und in einen kleinen, aber von hohen Mauern umgebenen Garten.

In der Mitte des Gartens befand sich ein hölzerner Pavillon, dessen Dach von dekorativen Weinreben umrankt war. Dies war der persönliche Platz seiner Mutter, an den sie sich setzen konnte, wenn sie im Hochsommer der Hitze des Tages entfliehen wollte.

Üppig grüner englischer Efeu rankte die Wände hinauf und bedeckte fast jeden Zentimeter. Während der Effekt optisch atemberaubend war, erfüllte er auch einen Zweck. Die glänzenden Blätter boten eine perfekte Form der Schalldämmung. Nichts hallte in dem umschlossenen Raum.

Er deutete auf den Tisch und die Stühle unter dem Pavillon, aber Diego schüttelte den Kopf. Stattdessen griff er in seine Manteltasche.

Lisandro versteifte sich.

Sei kein Narr, Diego.

Er seufzte mit unverhohlener Erleichterung, als Diego ein Stück Papier herauszog und es ihm reichte.

Don Antonio de Elizondo. Duke of Villabona,

Maria ist noch unverletzt, aber das könnte sich ändern. Sie ist weit weg von hier, also versuche nicht, sie zu retten.

Die Summe von 250.000 spanischen Dollar soll dem Oberpriester der Santiago-Kathedrale in Bilbao überreicht werden.

Sobald wir wissen, dass das Lösegeld bezahlt wurde, erhalten Sie weitere Anweisungen.

Lisandro las die Notiz ein zweites Mal.

Alle Heiligen im Himmel.

Er hatte genug solcher Situationen erlebt, um zu wissen, dass die Leute, die Maria entführt hatten, professionell gehandelt hatten. Nur Laien fügten Lösegeldforderungen die Androhung von Körperverletzung hinzu. Es war schrecklich, daran zu denken, dass die Schönheit vom Hochzeitsball entführt worden war. Aber er war sich nicht sicher, was das mit ihm zu tun hatte.

Seltsam, dass die Entführer das Lösegeld in Dollar und nicht in Pesos angegeben haben. Nur Ausländer nennen unsere Währung spanische Dollar. Vielleicht ist das ein Hinweis darauf, wer Maria entführt haben könnte.

Als er seinen Blick von der Notiz abwandte, stellte er die Frage, die ihm in den Sinn gekommen war, seit er die Kutsche der Familie Elizondo gesehen hatte. »Warum sind Sie hier?«

Diego zeigte auf die Notiz. »Weil mein Vater alles getan hat, was in seiner Macht steht, um Maria zu finden. Sogar Don Delgado hat das Land weit und breit durchkämmt. Es gibt keine Spur von ihr.«

»Don Delgado? Was hat der Graf von Bera damit zu tun?«, erwiderte Lisandro.

»Er und meine Schwester sollen sich in Kürze verloben.«

Lisandro behielt seine Meinung über Don Delgado für sich. Jetzt war nicht die Zeit, seinen mangelnden Respekt für den Grafen zu erwähnen. Wenigstens hatte der Mann getan, was er konnte, um Maria zu finden.

»Don de Aguirre, ich bin hier, weil ich glaube, dass Sie, trotz der eingeschworenen Feindschaft unserer Familien, der einzige Mann in Spanien sind, der eine echte Chance hat, meine Schwester lebend zu finden und sie uns zurückzugeben.«

Diegos Worte machten Lisandro nervös. Was genau wusste er über Lisandros Vergangenheit, das ihm erlaubt hätte, sich eine solche Meinung zu bilden?

»Ich bin nur ein einfacher Weizenbauer«, erwiderte Lisandro mit fester Stimme.

Er musste Diego zugutehalten, dass dieser Lisandros Blick begegnete und ihm standhielt. »Aber Sie waren mehr als das, als Sie dabei halfen, die Franzosen zu zwingen, den König aus der Gefangenschaft zu entlassen. Ich habe ein Flüstern gehört, dass Sie während des Krieges mit den Engländern gearbeitet haben. Muss ich weitersprechen?«, fragte Diego.

Es war allgemein bekannt, dass König Ferdinand Lisandro persönlich für seine Bemühungen gedankt hatte, ihn wieder auf den spanischen Thron zu bringen. Aber Lisandros heimliche Geschäfte mit den Briten waren etwas, das er nicht öffentlich machen wollte.

Er hob die Hand. »Genug. Lassen Sie uns darin übereinstimmen, dass ich eine Geschichte im Umgang mit schwierigen Situationen habe, und belassen Sie es dabei, obwohl ich es etwas seltsam finde, dass Sie derjenige sind, der mich um Hilfe gebeten hat, und nicht Ihr Vater. So wie Sie Ihr Familienwappen auf der Reisekutsche verkleidet haben, nehme ich an, dass der Herzog von Villabona nicht weiß, dass Sie hier sind.«

Diego blickte zurück zum Eingang des Gartens, bevor er sich umdrehte und näher trat. »Ich fürchte, dass jemand im Haus meines Vaters an Marias Verschwinden beteiligt ist. Und sie müssen mit jemandem in Zarautz zusammengearbeitet haben, um die Entführung meiner Schwester zu koordinieren. Ich weiß nicht, wer oder wie, aber ich fühle es in meinen Knochen. Ein treuer Familienberater, Señor Perez, wurde angegriffen, als meine Schwester entführt wurde, und das macht mir ebenfalls große Sorgen. Der Mann wurde mehrere Stunden nach Marias

Verschwinden benommen und am Strand umherwandernd aufgefunden. Wenn derjenige, wer auch immer hinter dieser Empörung steckt, bereit ist, einen ehrenhaften alten Mann wie ihn anzugreifen, wer weiß, was sie meiner Familie sonst noch antun werden? Ich halte es für unklug, meinen Vater an dieser Stelle einzubeziehen. Zu viele Augen beobachten ihn.«

»Warum zahlen Sie dann nicht das Geld?«, fragte Lisandro. »Sie fordern zwar ein Lösegeld, das eines Königs würdig wäre, aber die Entführer müssen wissen, dass Ihr Vater es auftreiben kann.«

»Wenn es nur so einfach wäre. Dies ist nicht die erste Lösegeldforderung, die wir erhalten. Ein früherer Betrag wurde bereits bezahlt. Als wir es dem Oberpriester in der Kathedrale von Bilbao übergaben, stellte er uns die zweite Forderung, anstatt Maria auszuliefern. Der unglückliche Mann hat sich sehr entschuldigt«, sagte Diego. Der junge Mann nahm den Hut vom Kopf und fuhr sich mit den Fingern durchs Haar. Er schloss die Augen und verzog sein Gesicht.

Lisandro bezweifelte, dass Diego noch unbehaglicher aussehen konnte. Er musste eine Menge Stolz hinuntergeschluckt haben, bevor er sich entschloss, mit der Mütze in der Hand zu seinem Feind zu kommen und ihn um Hilfe zu bitten.

»Mein Vater ist beim König in Ungnade gefallen. Ich habe den schrecklichen Verdacht, dass mächtige Männer hinter all dem stecken. Männer, denen es egal ist, ob Maria sicher zu uns zurückkehrt oder nicht.«

Du armer Mann. Ich kann mir nicht vorstellen, was du durchmachen musst.

Mitleid mit dem Sohn seines Feindes erfüllte Lisandros Herz. Niemand hatte es verdient, so zu leiden, wie Diego de Elizondo es gerade tat.

»Mein Vater würde mich schlagen, wenn er mich das sagen hörte – aber Don de Aguirre, ich halte Sie für einen Ehrenmann. Ich flehe Sie an, mir zu helfen, meine Schwester zu retten.«

Lisandro hatte schon früher mit Entführern zu tun gehabt.

Er hatte sogar Freunde, die es gegen eine saftige Gage professionell machten. Aber der schwache Zustand seiner eigenen Finanzen würde es ihm nicht ermöglichen, sehr weit zu kommen, wenn er irgendwelches Geld zahlen müsste, um Maria zu finden.

»Ich bin mir nicht sicher, wie viel Nutzen ich bringen würde, wenn man die Situation zwischen unseren Familien bedenkt.«

»Wenn Sie Geld wollen, nennen Sie Ihren Preis. Ich werde alles bezahlen, was nötig ist, um Maria zurückzubekommen«, sagte Diego.

Lisandro rieb sich mit den Händen das Gesicht. Aus irgendeinem seltsamen Grund war ihm der Gedanke, Geld von seinem Feind zu nehmen, nicht ganz recht.

Aber das könnte eine Gelegenheit sein, etwas von größerem Wert als nur Geld zu gewinnen. Vielleicht sogar endlich dieser lächerlichen Fehde ein Ende setzen. Und es könnte ein Band zwischen uns schaffen.

»Sie waren ehrlich zu mir, Diego, also ist es nur richtig, dass ich Ihnen sage, dass meine Geldbörse fast leer ist und ich Geld brauche, um diese Mission zu finanzieren. Was jede andere Zahlung betrifft – ich will Ihr Gold nicht. Meine Belohnung, die nicht verhandelbar ist, besteht darin, dass Sie mir erlauben, eine Freundschaft mit Maria zu schließen, wenn es mir gelingt, sie zu retten.«

Diego runzelte die Stirn. »Ich verstehe nicht.«

Wie drücke ich das aus? Hm.

»Ich finde Ihre Schwester sowohl schön als auch bezaubernd. Sie und ich knüpften an jenem Abend auf der Terrasse des Palacio de Narros eine kleine Verbindung. Eine Verbindung, die ich gerne wachsen sehen würde«, erklärte Lisandro.

Erkennen bildete sich auf dem Gesicht des anderen Mannes. Er gab einen leisen Pfiff von sich. »Das ist ein hoher Preis, den Sie sowohl von meiner Familie als auch von Maria verlangen.«

Wenn Lisandro es schaffte, Maria zu finden und nach Hause zu bringen, bestand die Chance, dass sie irgendwann auf der Reise allein sein würden. Eine junge, unverheiratete spanische

Adlige könnte leicht ihren Ruf verlieren, wenn das jemals ans Licht käme. Ein Ruf, der nur gesichert bliebe, wenn sie einen Weg finden würde, ihren Befreier zu heiraten.

Natürlich, wenn er sich darauf konzentrierte, könnte er Wege finden, um zu vermeiden, mit ihr allein zu sein. Aber vielleicht würde er es nicht, und dadurch könnte Lisandro die Situation zu seinem Vorteil wenden. Er könnte die Gelegenheit nutzen, Maria kennenzulernen. Und vielleicht würde sie ihre Meinung über ihn ändern.

Sag Ja. Lass sie und mich herausfinden, was zwischen uns möglich sein könnte.

»Diego, ich verspreche, dass ich alles tun werde, um Ihre Schwester zu finden. Was auch immer danach kommt, Sie haben mein feierliches Wort, dass Maria so viel Auswahl wie möglich erhalten wird.«

Diego nickte. Er griff in seine Manteltasche und zog eine goldene Kette heraus. Am Ende hing ein religiöses Medaillon.

Maria trug das am Abend des Balls.

»Das gehört Maria. Normalerweise trägt sie es, muss aber vergessen haben, es mitzunehmen, als sie diesen unseligen Strandspaziergang unternahm. Wenn Sie sie finden, geben Sie das meiner Schwester. Sie wird wissen, wer Sie geschickt hat.«

Lisandro nickte. Es ergab Sinn, dass er Maria etwas geben könnte, um sie wissen zu lassen, dass er für ihre Familie arbeitete. In Anbetracht der langen, dunklen Geschichte zwischen den Clans Aguirre und Elizondo konnte er verstehen, wie schwer es für sie sein würde, ihm zu vertrauen, ohne irgendeinen Beweis dafür zu haben, dass er nicht mit ihren Entführern verbündet war.

Lisandro deutete zum Pavillon. »Kommen Sie, setzen wir uns. Erzählen Sie mir alles, was Sie wissen. So unbedeutend es auch erscheinen mag, lassen Sie kein einziges Detail aus. Es kann den Unterschied ausmachen, ob man Maria zurückbekommt oder einen Rosenkranzgottesdienst für sie abhält.«

Später an diesem Tag schickte Lisandro Diego in seiner nicht erkennbaren Kutsche mit dem feierlichen Versprechen nach Hause, dass er alles tun würde, was er konnte. Nachdem Lisandro einen Beutel Silbermünzen angenommen und sich von Marias Bruder verabschiedet hatte, machte er sich auf die Suche nach seiner Mutter.

Wenn er im Begriff war, seine potenzielle zukünftige Frau zu retten, sollte die Herzoginwitwe von Tolosa zumindest eine faire Warnung erhalten.

Kapitel Vier

Obwohl Zarautz der Spielplatz für die spanische Königsfamilie und andere Adlige war, hatte es auch eine dunkle Schattenseite. Lisandro kannte alle unmoralischen und üblen Orte, an denen sich die örtlichen Kriminellen versammelten. Nachdem er in einem ruhigen und respektablen Gasthaus ein Zimmer genommen hatte, machte er sich auf den Weg in den weniger erhabenen Teil der Stadt.

Damit Maria am helllichten Tag vom Strand verschleppt werden konnte, mussten die Entführer Hilfe von jemandem in Zarautz gehabt haben. Jemand, der die Gezeiten kannte und auch, wo sie möglicherweise an diesem Morgen gewesen sein könnte. Einheimische hätten beteiligt werden müssen. Je länger Lisandro darüber nachdachte, desto mehr Sinn ergaben Diegos besorgte Worte über Personen, die der Familie Elizondo nahestanden und an Marias Verschwinden beteiligt waren.

Er glaubte nicht an glückliche Zufälle. Er hatte mehr Vertrauen in die Macht einer Handvoll Münzen. Diese und ein scharfes Schwert brachten die Leute normalerweise zum Reden.

Lisandro wählte als ersten Ort, um nach Hinweisen zu suchen, eine schmutzige Taverne am Meer in der Nähe der Villa, in der die Familie Elizondo während der Hochzeitsfeierlichkeiten übernachtet hatte. Als er das Gasthaus betrat, winkte er mit seinem funktionalen Hut in Richtung des Gastwirts, ehe er sich an einen Tisch im Hintergrund setzte. Seine schlichte Reisekleidung aus langem schwarzen Mantel und matten braunen Hosen zog wenig Aufmerksamkeit auf sich, was genau das war, was Lisandro beabsichtigte.

Er nippte an einem Glas Brandy und wartete.

Die Gäste des Lokals versenkten sich im Laufe des Abends langsam aber sicher tiefer in ihre Drinks. Je betrunkener sie wurden, desto lauter und lockerer wurden sie.

Er hatte gerade sein zweites langsam geleertes Glas goldenen Himmels auf den Tisch gestellt, als sich eine Stimme über alle anderen erhob.

»Ihr verdammten Spanier seid hoffnungslos im Umgang mit euren Schiffen. Wie oft hat eure Armada versucht, in das fröhliche alte England einzudringen? Viel zu oft.«

Lisandro suchte nach dem Großmaul. Nicht weit entfernt war eine Gruppe randalierender Trinker. In ihrer Mitte erhob sich ein Mann in einem schmutzigen roten Hemd. Er kletterte auf den Tisch und streckte die Arme aus. Es war nicht seine Kleidung oder sein Verhalten, die Lisandros Aufmerksamkeit erregten – es war vielmehr sein stark vernarbtes Gesicht.

Jemand am Tisch des Engländers beschimpfte ihn auf Spanisch, und der Rest der Versammlung lachte. Der Mann verstand den Scherz eindeutig. »*Hijos de perros*«, antwortete er.

Seinen Freunden machte es offensichtlich nichts aus, dass ihnen gesagt wurde, sie seien Hundesöhne, als sie alle ihre Gläser hoben und auf ihren Gefährten anstießen.

Der Mann griff in seine Manteltasche und ließ Münzen auf die Köpfe derer regnen, die am Tisch saßen. Zustimmendes Gebrüll und Jubel ertönten.

»Kommt schon, trinkt aus, meine Amigos. Viele schöne spanische Dollars. Wo das herkommt, gibt es noch viel mehr!«

Lisandro erstarrte. Warum sollte ein schlecht gekleideter Engländer mit Geld um sich werfen? Die meisten Matrosen kamen gerade so über die Runden, also wer war dieser vernarbte Mann?

Und er spricht von spanischen Dollars, nicht von Pesos. Genau wie in der Lösegeldforderung.

Während er nicht an Zufälle glaubte, glaubte Lisandro mit Sicherheit an Glück. Zarautz war ein verschlafenes Fischerdorf; wenige Schiffe aus anderen Gebieten legten dort an. Jede Art von Ausländer musste fehl am Platz erscheinen.

Der Geräuschpegel in der betrunkenen Gruppe nahm stetig zu. Wenn Lisandro kein so erfahrener Agent gewesen wäre, hätte er den ungestümen Briten weiter beobachtet, aber im Laufe der nächsten Stunde verlagerte sich seine Aufmerksamkeit langsam und konzentrierte sich auf einen anderen Mann, der am Tisch saß.

Dieser Nachtschwärmer war schon ordentlich betrunken und hatte seine Trinkgeschwindigkeit bis zu dem Punkt verlangsamt, an dem Lisandro damit rechnete, dass er drei Gläser hinter seinen Freunde zurückbleiben würde. Als der Mann auf der Bank herumrutschte und sich auf die Beine mühte, zog Lisandro seinen Hut tiefer.

»*Buenas noches!*«, rief der Mann.

»Los, verpiss dich«, erwiderte der Engländer.

Der Mann taumelte zur Haustür und hinaus auf die Straße. Der Hohn und die üblen Abschiedsworte seiner Freunde folgten ihm.

Es war eine angespannte fünfminütige Wartezeit für Lisandro, bevor er sich langsam von seinem Platz erhob. Er zog den Kragen seines Mantels hoch und drehte den Kopf weg, als er an der lärmenden Gruppe von Trinkern vorbei und zum Ausgang ging.

Draußen blickte er suchend die Straße auf und ab. Dann landete sein Blick auf seiner Beute. Der taumelnde Betrunkene war weiter die Gasse hinauf, ein kurzes Stück entfernt.

Da bist du ja.

Es war nie eine lustige Aufgabe, Betrunkenen zu folgen und

sie zu verhören. Sie neigten dazu, sich zu übergeben, wenn sie angehalten und befragt wurden, aber sie waren immer leicht zu verfolgen. Ein vom Alkohol beseelter Geist verlor schnell an Geschwindigkeit.

Lisandro holte den Mann hundert Meter von der Taverne entfernt ein und zog ihn schnell in einen nahe gelegenen Eingang. Es war weit genug von dem Gasthaus entfernt, dass niemand, der es verließ, sie sehen würde.

»Mein Freund, du hast viel getrunken«, sagte Lisandro.

Der Mann grinste. »Das habe ich, Señor. Viel Wein. Viel Schnaps.«

»Du klingst, als hättest du gefeiert. Ich hoffe, es waren gute Neuigkeiten.«

Der Betrunkene lehnte sich mit dem Rücken an die Innenwand des Gebäudeeingangs und steckte die Hände in die Manteltasche. »Eine gute Arbeit, wie mein Freund aus Inglaterra sagen würde. Und einen gut bezahlten Job.«

Er zog eine Handvoll Münzen aus seiner Tasche und zeigte sie stolz. Einige der Münzen fielen klirrend auf die Steinplatten. Hinter ihnen flatterte ein zusammengefaltetes Stück Papier. Bevor der Mann reagieren konnte, bückte sich Lisandro und hob die Gegenstände auf.

Die Münzen gab er ihm zurück, aber das Papier nicht.

»Glaubst du, dein Freund könnte etwas Arbeit für mich haben? Ich könnte die eine oder andere Münze gebrauchen«, sagte Lisandro.

Der Mann schüttelte den Kopf. »Du willst dich nicht mit Leuten wie mir einlassen – und schon gar nicht mit Mister Wicker. Außerdem war dies eine einmalige Sache. Es gibt nicht viele Aufrufe zur Entführung, selbst in meiner Branche.«

»Oh, komm schon, mein Freund. Es gibt immer jemanden, der entführt werden muss. Spanien hat viele Schlösser, in denen man einen eigensinnigen Prinzen oder eine adlige Tochter verstecken kann«, sagte Lisandro lachend.

Als Antwort bekam er ein leises, dreckiges Glucksen. »Du

liegst falsch. Je weiter weg man sie von ihrem Zuhause bringt, desto besser. Nur ein Narr würde es riskieren, eine Beute in Spanien gefangen zu halten.«

Lisandro erstarrte.

Als er auf der Lösegeldforderung gelesen hatte, dass Maria weit weg war, war er natürlich davon ausgegangen, dass sie noch irgendwo im Land war – möglicherweise weiter südlich, näher an Madrid. Hatte er sich geirrt?

»Nun, ich sollte besser gehen. Wenn ich wieder zu spät nach Hause komme, lässt mich meine Frau im Stall schlafen«, sagte der Mann.

Lisandro ließ den Mann widerwillig los. Ihn zu verprügeln, würde keinem Zweck nutzen und seine Komplizen möglicherweise auf sich aufmerksam machen. Außerdem hatte er keinen handfesten Beweis dafür, dass dies die Leute waren, die Maria entführt hatten. Im Moment hatte er nur seine Instinkte und eine Handvoll kleiner Hinweise, denen er folgen konnte.

Ja, aber wie stehen die Chancen, dass eine andere Adlige entführt wurde?

Das musste Schicksal sein. Diegos Gedanken, dass möglicherweise eine lokale Verbindung involviert war, ergaben Sinn, ebenso wie sein eigener wachsender Verdacht gegenüber dem narbengesichtigen Engländer. Lisandros ganze Aufmerksamkeit konzentrierte sich jetzt auf Mister Wicker.

Er blieb in der Tür verborgen, holte das Stück Papier hervor, das er schnell in seine Tasche gesteckt hatte, und entfaltete es.

Señor Alba und die Spezialfracht segelten auf der Abendflut. Schweig über den Hafen von Newhaven, dann bekommst du den Rest deines Geldes, wenn das Lösegeld bezahlt ist. W.

»O Maria«, murmelte er. Maria de Elizondo Garza war entführt und nach England gebracht worden.

Lisandro knüllte das Papier fest in der Hand zusammen und leistete einen stummen Schwur.

Ich werde dich finden und dich nach Hause bringen.

Kapitel Fünf

Die endlosen Stunden der Dunkelheit, gefolgt von groben, zupackenden Händen, die ihr abscheuliche Flüssigkeiten in den Hals zwangen, waren für Maria zu einem langen Albtraum verschmolzen. Wo sie war und mit wem, davon hatte sie keine Ahnung. Das Einzige, dessen sie sich aufgrund des ständigen Schwankens von einer Seite zur anderen sicher war, war, dass sie sich an Bord eines Schiffes befand.

»Trink.«

Es war eines der wenigen Worte, die er je zu ihr gesagt hatte. Die wichtigste Form der Kommunikation, die von ihrem Entführer bevorzugt wurde, war grobe Misshandlung. Ihre kurzen Bewusstseinspausen bestanden normalerweise darin, dass Maria aus ihrem Bett gezerrt wurde, den Kopf immer noch von dem Sack bedeckt. Sie wurde gezwungen, zu trinken und anschließend einen Eimer für ihre Waschungen zu benutzen, bevor sie zurück auf die raue Matratze geschoben wurde, wo es erneut dunkel werden würde.

Ihr einziger Trost waren die Erinnerungen an ihre Mutter und das Versprechen, das Maria in diesen seltenen, kostbaren Momenten zwischen langen Phasen der Bewusstlosigkeit gegeben hatte.

Mama, ich werde meinen Weg nach Hause finden. Wir werden wieder zusammen sein.

Und dann kam der Tag, an dem sie in der Stille erwachte.

Das Bett schaukelte nicht mehr, und das Rauschen der Wellen war verklungen. Ihre Hände und Füße waren immer noch gefesselt, aber das grobe Seil war durch weichere Fesseln ersetzt worden. Solche, die ihre Haut nicht verbrannten.

Leider blieb ihr Kopf von dem Sack bedeckt. Nadelstiche aus Licht sickerten durch die kleinen Löcher im Sackleinen.

Wenigstens kann ich endlich mehr als nur Dunkelheit sehen.

»Hallo?«, flüsterte sie.

Ihre Stimme, obwohl durch das Leinen gedämpft, hallte in der Stille des Zimmers wider. Zum ersten Mal, seit sie am Strand angegriffen worden war, spürte Maria, dass sie allein war.

Tränen traten ihr in die Augen, als sie sich an diese letzten Momente erinnerte. An die Schmerzensschreie von Señor Perez und den Anblick, wie er heftig geschlagen wurde und zu Boden fiel. Sie sandte ein Gebet zum Himmel und hoffte, dass er den bösartigen Angriff überlebt haben könnte.

Sie lebte noch, und das war etwas, an dem sie sich festhalten konnte. Wer auch immer sie entführt hatte, hatte eindeutig Pläne.

Wenn sie dich tot sehen wollten, hätten sie dich bereits getötet.

Das Klappern eines Schlüssels in einem Schloss erregte ihre Aufmerksamkeit. Schritte begleiteten das Klirren von Porzellan und Gläsern. Das leise Aufschlagen von Holz auf Holz ließ Maria vermuten, dass ein Tablett auf einem Tisch in der Nähe abgestellt worden war.

Röcke schlurften auf sie zu, gefolgt von einem missbilligenden Zungenschnalzen. Das war etwas anderes und Unerwartetes. Ihr neuer Wärter war definitiv weiblich.

Hände zerrten an dem Sack über ihrem Kopf, hoben ihn hoch und zogen ihn herunter. Hoffnung flammte auf. Endlich würde sie wieder sehen können.

»Oh!«, rief sie, als helles Tageslicht ihre Augen blendete.

Maria wandte den Kopf ab und zuckte zusammen, als die überwältigende Neuheit des Sehens ihre Sinne überfiel. Es dauerte mehrere Minuten, bis sie sich richtig konzentrieren konnte. Erst dann versuchte sie, die Frau anzusehen.

Neben dem Bett stand eine füllige, ganz in Grau gekleidete Matrone. Die Hände in die Hüften gestemmt, wirkte sie völlig verblüfft über Marias Verhalten. »Nun, der Meister sagt, du musst essen«, sagte sie. Ihr Blick glitt über Marias verschnürten Körper, und sie schüttelte den Kopf. »Wie zum Teufel soll ich dich füttern? Ehrlich gesagt würde jeder denken, dass diese Bande noch nie zuvor eine verdammte Entführung inszeniert hat.«

Marias Englisch war nicht das beste, aber sie verstand genug. Jede geringe Chance, dass sie die Frau bitten konnte, Mitleid mit ihr zu haben und sie gehen zu lassen, starb. Diese Frau war eindeutig ein williges Mitglied der Entführungsbande.

Eine zweite Person betrat den Raum – ein Mann mit einer bunten Maske. Er sah aus, als wäre er gerade einem Ball oder dem berühmten Karneval in Venedig entstiegen. Wenn ihre Situation nicht so schlimm gewesen wäre, hätte sie es vielleicht amüsant gefunden.

»*Ella ha comido?*«, fragte er.

Sie kannte diese grausame Stimme nur zu gut. Die hatte sie während des Albtraums auf dem Boot begleitet.

Die Frau schnaubte. »Wir sind in England, also sprich die verdammte Sprache. Du weißt, ich verstehe nur ein paar Worte Spanisch, und die meisten davon sind Beleidigungen.«

»Hat sie gegessen?«

»Nein. Ich bin eben erst gekommen. Ich habe ihr den Sack vom Kopf genommen und überlegte immer noch, wie ich sie füttern sollte, während sie wie ein Huhn verschnürt war, als du ankamst.«

Mit der Maske war es unmöglich, die Antwort des Mannes zu entziffern. Er fluchte leise, dann marschierte er zum Bett hinüber. »Ich nehme an, dich loszubinden wird kein allzu großes

Problem darstellen. Du kannst nicht raus, und selbst wenn, wohin würdest du gehen?«

Er bückte sich und rollte Maria auf die Seite. Dann löste er zu ihrer unendlichen Erleichterung die Knoten an ihren Fesseln und entfernte sie, bevor er sie wieder nach unten drückte. Sie hob die Hände und erhaschte einen ersten Blick auf die Verletzungen an ihren Handgelenken und Armen durch die engen Seile, die sie für die lange Reise nach England um sie geschlungen hatten. Tiefe schwarze Blutergüsse und halb verheilte rote Wunden bedeckten den unteren Teil ihrer Gliedmaßen.

»Danke«, sagte sie.

Er ignorierte sie und machte sich dann wieder daran, die Frau zu beschimpfen. »Hol frisches Wasser und weiche Tücher. Ich gehe davon aus, dass Doña Maria baden möchte. Nachdem sie sauber ist, sorgst du dafür, dass sie isst. Und halte diese Tür verschlossen. Lass mich dir das nicht noch einmal sagen.«

Da ihr Entführer in wohltätiger Stimmung zu sein schien, ging Maria ein Risiko ein. »Bitte, Señor, könnten Sie mir sagen, wie lange ich von zu Hause weg bin?«

»Ich weiß nicht, welchen Trost dir das geben wird, aber du bist seit über zwei Wochen unsere Gefangene. Und als Antwort auf das, was vermutlich deine nächste Frage sein wird: wenn dein Vater das Lösegeld bezahlt.«

Er erteilte der Frau weitere knappe Anweisungen, dann verließen sie beide den Raum. Der Schlüssel drehte sich im Schloss.

Zwei Wochen. Sie war allein, in einem fremden Land gefangen gehalten. Jenseits der Hilfe von irgendjemandem, den sie kannte. Wie standen die Chancen, dass sie ihre Familie jemals wiedersah?

Die Frau kehrte bald mit einer Schüssel mit warmem Wasser, Seife und einem Baumwolltuch zurück. Sie ließ Maria kaum fünf Minuten, um sich zu waschen und abzutrocknen, während sie dastand und zusah.

»Hier. Zieh das an.« Sie reichte Maria ein schlichtes beiges Wollkleid und einen Unterrock. Die rauen Kleidungsstücke waren nicht wie ihre übliche feine Kleidung, aber sie waren sauber, warm und funktional.

Nachdem sie sich angezogen hatte, wurde Maria zu einem kleinen Tisch geführt, auf dem ein Teller mit etwas stand, das einem spanischen Eintopf ähnelte. Sie nahm einen Schluck und verzog ihr Gesicht. *Esto es horrible.*

Der Hunger zwang sie, etwas mehr zu essen. Die Frau pusselte in der Nähe herum und beobachtete Maria aufmerksam. Sie trat näher, als Maria ihren Löffel ablegte, und deutete auf den Teller. »Ich möchte den leer sehen«, sagte sie.

Maria blinzelte ein paar Tränen weg und kämpfte gegen ihre wachsende Angst an. Wer auch immer sie mitgenommen hatte, wusste, was er tat. Sie waren entschlossen und gefährlich.

Ihre Gedanken begannen langsam, um alle möglichen Fragen zu kreisen. Wer waren diese Leute, und warum hatten sie sie entführt? Und was war mit dem tapferen Señor Perez passiert? Lebte er überhaupt noch?

Sie hatte keine Antworten. Aber was ihr wirklich wichtig war, war die drängendste Frage von allen.

Was würde passieren, wenn ihr Vater das Lösegeld nicht zahlte?

Kapitel Sechs

*Z**wei Wochen später*
London, England

Lisandro nahm die schnellstmögliche Schiffs- und Segelroute, aber es war fast ein Monat seit Marias Entführung vergangen, bis er endlich in London ankam. Er ging unverzüglich zu der Adresse in der Gracechurch Street und den einzigen Männern in England, von denen er wusste, dass sie ihm helfen konnten.

Als die Mietkutsche vor dem Büro des Coaching-Unternehmens vorfuhr, überprüfte er die Adresse, die er auf ein Blatt Papier geschrieben hatte, und runzelte die Stirn. Das Gebäude war heruntergekommen, schmutzig und sah überhaupt nicht aus wie etwas, das wohlhabenden Männern gehörte.

Sein Herz sank. Vielleicht war die Zeit seit Kriegsende doch nicht gut zu seinen Freunden gewesen.

Er bezahlte den Fahrpreis, schnappte sich seine Reisetasche und stieg aus der Kutsche. Sein einziger Trost war die Gewissheit, dass die besonderen Fähigkeiten, über die seine Freunde verfügten, solche waren, die oft kein Geld erforderten. Lisandro hatte zwar die Silbermünzen, die Diego ihm gegeben hatte, aber er hatte keine Lust, mit Geld herumzuwerfen, um Maria zu finden. Berge von leicht verdientem Geld zogen tendenziell die falschen Leute an.

Ein heftiges Klopfen an der Tür der Transportfirma blieb unbeantwortet. Das zweite auch. Frustriert ging er zu den hinteren Stallungen. Hoffentlich arbeitete jemand im Stall.

Der Hof war kaum besser als die Fassade des Anwesens. Es gab keine Kutschen oder Personal, allerdings einen großen Haufen sauberen Heus direkt in den vordersten Boxen.

»Was für ein jämmerliches Durcheinander«, murmelte er.

Eine Bewegung rechts von ihm erregte seine Aufmerksamkeit. Ein kleiner Junge, nicht älter als sechs oder sieben, kam lässig aus den Ställen geschlendert. Er blieb stehen, warf Lisandro einen Blick zu, legte dann die Finger an die Lippen und stieß einen lauten, durchdringenden Pfiff aus.

Schritte ertönten. Lisandro blickte zum Dach des Gebäudes hinauf. Drei Gestalten tauchten aus einer oberen Tür auf und gingen auf den Treppenabsatz. Pistolen wurden auf ihn gerichtet.

Er bewegte sich keinen Zoll. Diese Männer gehörten zu seinen liebsten Freunden, aber er hatte auch keinen Zweifel daran, dass die Waffen geladen und gespannt waren. Es wäre wenig tröstlich, wenn sie sich über seiner Leiche ausgiebig dafür entschuldigen würden, dass sie ihn irrtümlich erschossen hatten.

»Ich bin Lisandro de Aguirre, Herzog von Tolosa. Ich würde es sehr schätzen, wenn Sie, meine Herren, Ihre Pistolen senken würden«, sagte er.

Zwei der Männer sicherten ihre Waffen umgehend, aber der dritte zielte weiterhin auf Lisandro. Ein schiefes Grinsen lag auf seinen Lippen. »Woher wissen wir, dass du das wirklich bist? Jeder schlecht gekleidete Spanier könnte auftauchen und behaupten, er sei der Herzog von Tolosa.«

Lisandro lachte. »Nun, ich war ich selbst, als ich heute Morgen aufwachte und zu meinem Ekel feststellte, dass ich wieder in dem rattenverseuchten Gestank von London war.«

Die letzte Pistole wurde gesenkt.

Sir Stephen Moore eilte die Treppe herunter, um ihn zu umarmen. Lisandro nahm die Umarmung mit Wohlwollen an. Für einen Mann, der mit Erpressung und Tod zu tun hatte, war der Engländer überraschend überschwänglich.

»Der Herzog von Tolosa. Was bringt dich hierher?«, fragte er. Als er die Frage stellte, schweifte Stephens Blick über Lisandros zerschlissenen Mantel und zerbeulten Hut und nahm alles in sich auf. Wie es sich gehörte, schien ihm nichts zu entgehen.

»Eine wichtige Mission – eine, die den Unterschied zwischen der sicheren Rückkehr einer jungen spanischen Adligen zu ihrer Familie und einem sehr schwierigen Gespräch mit selbiger ausmacht«, antwortete er.

Stephen nickte. »Dann kommst du wohl besser rein.« Er wandte sich an den Jungen. »Toby, geh nach oben und arrangiere ein Kissen und Decken für Don de Aguirre. Er wird bei uns bleiben.«

Der Junge verzog sein Gesicht. »Wie war sein Name?«

Lisandro winkte den Jungen zu sich. »Ich bin der Herzog von Tolosa. Wenn ich Engländer wäre, würdest du mich Lord Tolosa nennen, aber weil ich Spanier bin, bin ich Don Tolosa. Auch Don de Aguirre. Aber du kannst mich Lisandro nennen, wenn es dir dadurch leichter fällt.«

Toby war vielleicht verwirrt über die Namen und Titel, aber der Junge war eindeutig kein Dummkopf. Er tauchte in eine tiefe, respektvolle Verbeugung ein. »Darf ich deine Tasche nehmen, Lisandro?«

»Nein, die trage ich gerne selbst. Aber wenn du weißt, wo ich einen starken Kaffee bekommen kann, stünde ich für immer in deiner Schuld, junger Toby«, erwiderte Lisandro.

Der Junge hastete in Richtung der nahen Treppe davon und nahm zwei Stufen auf einmal.

Lisandro wartete, bis er oben angekommen war, bevor er sich umdrehte, um mit Stephen zu sprechen. »Ich muss die Leute finden, die diese Adlige entführt haben, und zwar schnell. Zu sagen, dass ich wenig Informationen habe, ist eine Untertreibung.«

»Komm nach oben und lass uns sehen, was wir tun können.«

Wenn irgendjemand in London helfen konnte, dann einer der Herren, die noch vor wenigen Minuten eine Waffe auf ihn gerichtet hatten. Mit einem Funken Erleichterung im Herzen folgte Lisandro Sir Stephen hinauf zu den Büros der RR Coaching Company – Rogues of the Road.

Drinnen wurde er von zwei der anderen begrüßt: Lord Harry Steele und Mister Augustus Trajan Jones. Lord Harry hatte den wohlverdienten Ruf, Skandale in der Londoner High Society zu verursachen, während es Gus' Karriere als Schmuggler erforderte, dass er sich zurückhielt.

»Wo ist der Herzog von Monsale?«, fragte Lisandro. Er brauchte so viel Hilfe wie möglich, um Marias Aufenthaltsort ausfindig zu machen.

»Monsale ist auf seinem Landgut und überwacht die Anpflanzung neuer Feldfrüchte«, antwortete Harry.

Lisandro nickte. »Das sollte ich auch machen. Der Weizen war fast fertig, als ich Tolosa verließ, und hoffentlich werden sie jetzt das Gerstenfeld vorbereiten. Und was ist mit George?«

»George ist ... Nun, sagen wir einfach, er hält sich derzeit bedeckt. Vor einem Monat ging ein kleiner Diebstahl ein bisschen schief, und er wurde fast erwischt. Es hat ihn ziemlich erschüttert«, sagte Gus.

Als niemand sonst etwas zu der Geschichte beitrug, ließ Lisandro es dabei bewenden. Der ehrenwerte George Hawkins war ein Meisterdieb. Wenn er bei einem Raubüberfall beinahe geschnappt worden wäre, musste es ein riskanter gewesen sein.

Lisandro streckte Harry die Hand entgegen. »Und herzlichen Glückwunsch zu deiner Hochzeit. Es war schön zu hören, dass du dir eine Frau genommen hast.«

Harry grinste. »Danke. Vaterschaft ist das nächste Abenteuer, das in meiner Zukunft liegt. Alice ist schwanger.«

»Nun denn, zweifach herzlichen Glückwunsch«, erwiderte Lisandro.

Nachdem Lisandro seine Tasche auf den langen, abgenutzten Tisch in der Mitte des Raumes fallen gelassen hatte, suchte er darin nach seinem Notizbuch. Er nahm Platz, als Toby mit einer großen Tasse aus einem anderen Raum auftauchte. Der Junge stellte den Becher vor ihm ab, verbeugte sich dann und trat zurück.

»Vielen Dank, Master Toby. Du kannst die Aufgabe, die Ställe auszumisten, wieder aufnehmen«, sagte Stephen.

Als der Junge weg war, machten sie sich an die Arbeit. Lisandro erklärte den unerwarteten Besuch von Diego de Elizondo und seine eigene Reise nach Zarautz sowie das Gespräch, das er mit dem Betrunkenen in der Tür geführt hatte. Er zeigte ihnen die Notiz über das Boot und erwähnte den Engländer Mister Wicker, der in der Taverne gewesen war.

Am Ende seufzte er und griff nach seinem schnell abkühlenden Kaffee.

»Verdammt noch mal, das ist ein Lösegeld für einen König. Obwohl es seltsam ist, dass sie zuerst um einen kleineren Betrag gebeten haben und Maria dann nicht freigelassen haben«, sagte Harry.

Sir Stephen nahm die Lösegeldforderung in die Hand. »Ich mache mir nicht so sehr Sorgen um das Geld, aber dieser Señor Alba ist definitiv interessant. Wenn er mit Maria nach England gereist ist, dann ist er vielleicht unsere beste Chance, sie zu finden.«

Lisandro war mit seinen eigenen Gedanken einen ähnlichen Weg gegangen, aber er war in eine Sackgasse geraten. Einen Namen zu haben, bedeutete wenig in einer geschäftigen Stadt mit mehr als einer Million Einwohnern.

Ein schlaues Lächeln schlich sich auf Stephens Lippen. »Lisandro, wann bist du das letzte Mal in die Kirche gegangen?«

Er runzelte die Stirn. Was für eine dumme Frage. Er war Spanier und Katholik. Er ging jede Woche. Sogar an Bord des

Schiffes nach England hatte er den Kapitän gebeten, einen kleinen Gottesdienst am Sonntagmorgen für die Besatzung und ihn selbst abzuhalten.

Sein Freund könnte eine Spur entdeckt haben.

Jeder in Spanien geht sonntags in die Kirche. Und wenn du nicht zu Hause bist, findest du einen Ort zum Beten. Könnte es so einfach sein?

Lisandro erhob sich von seinem Stuhl und begegnete Stephens Blick. Heute war Samstag. Morgen würden alle großen katholischen Kirchen in London voll von Gläubigen sein, einschließlich der St-James-Kirche am Spanish Place. Jeder gute Spanier, der sich zufällig in der englischen Hauptstadt aufhielt, würde am Sonntagmorgen der Messe beiwohnen.

Seit seiner Zeit in London während des Krieges hatte Lisandro eine enge Freundschaft mit dem Pfarrer Pater Hurtado aufgebaut. Wenn irgendjemand neu an einem Sonntag nach St James's kam, würde Pater Hurtado es wissen.

Lisandro zeigte mit dem Finger auf Stephen und grinste. »Ich habe plötzlich das Verlangen, mir ein bisschen die Beine zu vertreten. Den ganzen Weg bis zur anderen Seite des Manchester Square und dann in die St James's Church. Und dort möchte ich einen Priester aufsuchen. Hast du etwas dagegen, mir Gesellschaft zu leisten?«

Stephen lächelte zurück. »Ich dachte schon, du fragst nie.«

Kapitel Sieben

Lisandro und Stephen kamen am nächsten Morgen früh zur Sonntagsmesse. Nach ihrem Besuch in St James's am Vortag hatten sie nun einen Plan aufgestellt. Sie hatten erste Kontakte zu den Gemeindemitgliedern geknüpft. Beide waren in vorgeschriebene schwarze Anzüge mit weißen Leinenhemden gekleidet. Ihre Morgenjacken trugen jedoch kaum dazu bei, ihre durchtrainierten Körper zu verbergen, und mehr als eine junge Dame blickte mit flatternden Wimpern zu ihnen auf.

Nachdem sie ihre Plätze eingenommen hatten, ein paar Reihen vom Altar entfernt, saßen sie still, die Köpfe nach vorn gerichtet, und warteten.

Der alternde Pater Hurtado schlurfte herein, kam zur Kanzel und hielt vor einem der Diakone an. Sie tauschten ein paar Worte aus, woraufhin der Priester auf dem Weg in die Kirche verschiedenen Gemeindemitgliedern zunickte und einen Platz in den Kirchenbänken fand.

Lisandro beobachtete den Blick des Paters, wie dieser seine Gemeinde beobachtete. Als Pater Hurtado seine Hände zusammenlegte und sie an seine Lippen hielt, räusperte sich Stephen. »Das ist das Signal.«

Der Priester ließ seine rechte Hand fallen und berührte

fünfmal die Vorderseite seines Gewandes. Mit der linken Hand strich er achtmal einen unsichtbaren Fussel weg. Als er sich umdrehte und zur Kanzel zurückkehrte, kreuzte sich sein Blick für einen winzigen Augenblick mit dem von Lisandro.

Rechte Seite des Ganges, also sitzt der Mann, den wir wollen, auf derselben Seite des Ganges wie wir. Fünf Reihen von vorne. Der achte Sitz vom Gang aus gesehen.

Adrenalin floss durch ihn. Señor Alba war in der Kirche. Der Mann, der geholfen hatte, Maria de Elizondo zu entführen, saß nur wenige Meter entfernt.

Er stieß einen unsicheren Atemzug aus. Obwohl er es geliebt hätte, sich umgehend zu Señor Albas Platz zu begeben und ihn gewaltsam an der Kehle zu packen, wusste er, dass es Maria nicht helfen würde. Wenn die Entführer auch nur annähernd professionell operierten, hätten sie jede Art von Vorkehrungen getroffen. Wenn Alba nicht aus der Kirche zurückkehren würde, hatten sie vielleicht den Befehl, ihre Gefangene zu töten.

Stephen hustete. Dann hustete er wieder. Lisandro streckte die Hand aus und klopfte ihm sanft auf den Rücken. »Geht es dir gut?«

»Ich versuche, einen Grund für uns zu finden, zu gehen. Ein Hustenanfall scheint so gut wie jeder andere Grund zu sein«, antwortete er.

Das Gehuste wurde lauter, und die Menschen um sie herum machten nicht so subtile Geräusche über die Störung. Mit einem dramatischen Kopfschütteln deutete Stephen auf den Gang und kam auf die Füße. Er und Lisandro traten hastig den Rückzug nach draußen an.

Auf der George Street machte Stephen eine wunderbare Genesung durch. »Was hast du gesehen, als wir gegangen sind?«, fragte er.

Lisandro zog ein Notizbuch aus seiner Jackentasche und notierte sich einige relevante Details. Klein gewachsen, ordentlicher Schnurrbart, gut gekleidet. Mittleres Alter, wenn der Hauch grauer Haare an seiner Schläfe irgendein Hinweis war.

»Aus der respektablen Kluft zwischen ihm und der nächsten Gruppe von Menschen in seiner Reihe zu schließen, schien er allein zu sein. Ich konnte ihn nicht sehr lange ansehen, aber er schien sich in seiner Haut wohlzufühlen. Niemand würde in ihm einen Mann vermuten, der eine junge Frau aus ihrem Haus gestohlen hatte«, antwortete Lisandro.

»Verdammt. Ich hatte gehofft, wir würden jemanden finden, der verstohlen und fehl am Platz aussah. Die Tatsache, dass er sich zuversichtlich genug fühlt, um sich in die Gesellschaft zu wagen, sagt uns viel über die Art von Menschen aus, die Maria in ihrer Gewalt haben«, sagte Stephen.

Eine ganze Stunde lang standen sie auf der gegenüberliegenden Straßenseite und warteten auf den Abschluss der Sonntagsmesse. Kurz vor Mittag begannen die ersten Gemeindemitglieder, die St-James-Kirche zu verlassen. Lisandro machte einen Schritt nach vorn und wollte vor der Kirche warten, aber Stephen ergriff ihn am Arm. »Lass mich das tun. Ich füge mich besser ein als du.«

Lisandro sah ihn aus zusammengekniffenen Augen an. »Was meinst du?«

»Ich meine, du siehst aus wie ein spanischer Gentleman. Wenn du anfängst, ihm zu folgen, könnte er versuchen, dich ins Gespräch zu bringen. Dann ist das Spiel vorbei. Wenn ich ihn beschatte, wird alles, was er sieht, wenn er sich umblickt, nur ein bleichgesichtiger Engländer auf einem Sonntagsspaziergang sein.«

Lisandro nickte und ärgerte sich, dass Stephen die Dinge anscheinend besser unter Kontrolle hatte als er. Lisandro war nicht derjenige, der gern die zweite Geige spielte, aber da so viel auf dem Spiel stand, musste sein Stolz es einfach aushalten.

Stephen beugte sich vor. »Denk immer daran, du bist diejenige, die Maria de Elizondo nach Hause zu ihrer Familie bringen muss. Sie aus ihrem Gefängnis in London zu holen, könnte der einfache Teil sein. Die Rückkehr von euch beiden nach Spanien wird mit Gefahren behaftet sein.«

Lisandro wollte nicht einmal an die Heimreise denken. Es ging nur darum, Maria aufzuspüren und dann herauszufinden, wie man sie am besten retten konnte.

»Los geht's«, sagte Stephen.

Sein Freund trat lässig vom Bürgersteig und überquerte die Straße. Er ging an der Vorderseite der Kirche vorbei und dann ein Stück die Straße hinauf, um in das Fenster eines Ladens zu schauen, gut zehn Meter hinter Alba.

Du bist richtig gut, mein Freund.

Es war eine Ehre, einem Meister bei der Arbeit zuzusehen. Für einen so großen Mann besaß Sir Stephen Moore eine fast magische Fähigkeit, sich in Menschenmengen zu integrieren. Die Leute mochten ihn zwar sehen, aber er bewegte sich so, dass ihr Gehirn kaum seine Anwesenheit zu registrieren schien. Er war ein Geist, der unter ihnen wandelte.

In dem Moment, als sich Señor Alba von der Kirche entfernte und die George Street entlangging, folgte Stephen ihm. Lisandro wartete, bis sie fast außer Sicht waren, dann begann er langsam, hinter ihnen herzugehen.

Zehn Minuten Zickzackwandern nach links und rechts in Gassen und Straßen hielten seine Aufmerksamkeit wach. Mehr als einmal sprang Lisandro in die Zufahrt eines Ladens, um nicht gesehen zu werden. Es war schwer, sowohl Señor Alba als auch Sir Stephen zu beschatten, ohne sie zu verlieren.

Er hatte sich gerade aus der Harley Street nach links und in die Queen Anne Street gewandt, als sich eine Hand ausstreckte und seinen Ärmel packte. Stephen zog ihn in den Eingang zu einer Metzgerei und schleppte ihn nach hinten. Als er an der Theke vorbeikam, nickte Stephen dem Besitzer zu. »Ein Pfund deiner besten Schweinewürste bitte, mein guter Mann.«

Im hinteren Teil des Ladens ließ er Lisandros Arm los. »Entschuldigung. Das musste ich tun. Ich konnte nicht zulassen, dass du weiter die Straße entlangwanderst. Unser Freund ist gerade durch die Eingangstür von Nummer neun gegangen.«

Erleichterung spülte über ihn hinweg. Endlich hatten sie

etwas Festes, mit dem sie arbeiten konnten, auf dem sie ihre Hoffnungen aufbauen konnten. Wenn sie herausgefunden hätten, wo Maria festgehalten wurde, hätten sich die Chancen, sie erfolgreich retten zu können, plötzlich erhöht.

Das Klopfen des Fleischermessers, das Fleisch durchschlug und dann auf den Holzblock prallte, unterbrach ihr Gespräch. Ohne mit der Wimper zu zucken, zeigte Stephen auf ein Tablett mit Schweinefleischpasteten, das auf der nahe gelegenen Theke stand. »Oh, und können wir ein halbes Dutzend von den Pasteten haben? Sehen gut aus.«

Lisandro war nicht im Geringsten an den Pasteten interessiert; er wollte wissen, wie sie in Sachen Maria weiter vorgehen sollten. Er zwang sich, einen langsamen, tiefen Atemzug zu machen und sich zu beruhigen. Dies war nicht sein erstes Mal, mit einer komplizierten Situation umzugehen. Man konnte nicht einfach in Aktion treten.

»Wir müssen in die nächste Straße oder in die hintere Gasse gehen und sehen, wie die Rückseite des Hauses aussieht«, sagte er.

»Ja. Aber zuerst müssen wir einige Hausaufgaben über die Adresse selbst machen. Wem gehört es, und wer wohnt derzeit dort? Diese Informationen werden uns Optionen geben, wie wir Marias Freilassung erreichen können. Es kann auch wichtige Informationen über die Menschen liefern, die hinter ihrer Entführung stecken. Es gibt viele Orte in Spanien, Portugal oder sogar Frankreich, wo sie sie hätten hinbringen können. Ich kann immer noch nicht verstehen, warum sie sich für England entschieden haben.«

Lisandro hatte sich über diese Frage immer und immer wieder den Kopf zerbrochen. Die Tatsache, dass die Entführer Maria weit weggebracht hatten, beunruhigte ihn sehr. Don Elizondos Feind zu sein, bedeutete, dass er keinen Einblick in das Leben des Herzogs von Villabona hatte oder darüber, wer außerhalb seiner Familie einen Groll gegen ihn hegte. Aber es war unbestritten, dass allmächtige Männer dazu neigten, sich mächtige Feinde zu machen.

Der Metzger kam an die Vorderseite der Theke, das Fleisch in Zeitungspapier gehüllt. Stephen grub die Hand in seine Tasche und holte ein paar Münzen heraus. Er gab sie dem Mann, der das benötigte Geld auszählte, ehe er das Wechselgeld zusammen mit dem Paket zurückreichte. Sie eilten aus dem Laden.

Nachdem sie die Queen Anne Street überquert hatten, führte Stephen Lisandro in eine schmale Gasse und bog dann links ab. Er blieb stehen, riss die Oberseite des Fleischerpapiers auf und zog eine Wurst heraus.

»Du wirst doch kein rohes Fleisch essen, oder?«, fragte Lisandro.

Stephen hob eine Augenbraue. »Nein, aber die Erfahrung sagt mir, dass sie einen Wachhund haben werden, wenn sie irgendeine Art von sich selbst respektierenden Kriminellen sind.«

Lisandro grinste. Man konnte jederzeit darauf bauen, dass Stephen vorausdachte.

Auf der Rückseite von Nummer neun beugte sich Lisandro vor und verschränkte seine Hände. Stephen legte seinen Stiefel in seine Handflächen und griff mit einer Hand nach dem Zaun, während Lisandro ihn hochhob.

Lisandro ächzte. Sein Freund war kein Leichtgewicht.

»Du hast zu viele Schweinepasteten gegessen«, sagte er mit zusammengebissenen Zähnen.

»Hör auf, dich zu beschweren. Jetzt halte mal einen Moment still«, flüsterte Stephen.

Lisandro schnappte nach Luft und betete, dass ihm seine Knie vergeben würden. Ein Rinnsal von Schweiß rann ihm über den Rücken.

Das tiefe, bedrohliche Knurren eines Hundes kam vom Hof, und er verstummte sofort. Das Letzte, was einer von ihnen wollte, war, dass das Tier anfing zu bellen.

Stephen pfiff, dann lockte er leise. »Hier, Junge. Ich habe eine schöne Wurst für dich.«

Lisandro konnte nicht sehen, was auf der anderen Seite des Zauns geschah. Er hörte ein Schnüffeln und das nasse Geräusch einer Wurst, die geschluckt wurde.

»Guter Hund. Jetzt bleibst du still und bekommst eine weitere Wurst.«

Ein höchst willkommenes Tippen auf seine Schulter ließ Lisandro die Hände senken, und Stephen trat weg. Lisandro schüttelte seine Finger, als sie zurück auf die Straße gingen.

»Du hattest recht mit dem Hund«, sagte er.

»Natürlich hatte ich recht. Obwohl es nur eine alte Bulldogge ist. Von der Art und Weise, wie er diese Würste fast im Ganzen runterschluckte, würde ich sagen, ihm fehlen ziemlich viele Zähne. Oh, und er hat nur drei Beine«, antwortete Stephen.

Das waren gute Neuigkeiten. Es gab nichts Schlimmeres, als von einem Tier gejagt zu werden, das im Besitz einer Reihe von scharfen Zähnen war, besonders wenn sie einen Mann immer wieder an den Fersen schnappten.

Auf dem Heimweg gab Stephen einen vollständigen Bericht ab über das, was er im hinteren Teil von Nummer neun gesehen hatte, während sich Lisandro im Kopf Notizen machte. Als sie die Büros der RR Coaching Company erreicht hatten, bildete sich bereits der Kern eines Plans in Lisandros Kopf.

Ein Plan, um Maria zu retten.

Kapitel Acht

Es war so eine Erleichterung, sich jeden Tag waschen zu können. Die Frau, die das Haus für Marias Entführer bewirtschaftete – und deren Namen sie nicht erfahren hatte –, kochte jeden Morgen einen großen Kessel Wasser und brachte ihn nach oben. Frische Handtücher und Seife waren ein Geschenk des Himmels. Ihr Entführer hatte sogar angefangen, Maria etwas mehr Zeit zu lassen, um sich um ihre Körperpflege zu kümmern.

Ihre Dankbarkeit gegenüber der Frau reichte nicht weit darüber hinaus, besonders als Maria erkannte, dass das Essen, das sie bekam, mit Drogen versetzt war.

Mit jeder Mahlzeit begann die gleiche Routine. Sie bekam jeden Tag kurz nachdem die Sonne aufgegangen war Frühstück. Was auch immer in ihrem Essen war, machte sie innerhalb von Minuten nach dem Essen bewusstlos. Als Nächstes wachte Maria in ihrem Bett auf und hatte keine Ahnung, wie sie dorthin gekommen war. Durch das Fenster sah sie das blasse Licht des frühen Abends.

Jedes Mal hatte sie den kompletten Tag verschlafen.

Aber als die Tage ineinander übergingen, begann Maria zu

spüren, dass die Frau von dem ganzen Bestreben gelangweilt war. Sie wurde unaufmerksam und schlampig.

Am Anfang blieb sie im Zimmer und wartete darauf, dass Maria mit dem Essen fertig war, aber am Ende der ersten Woche begann sie, Maria zum Essen allein zu lassen und kam vermutlich erst wieder, wenn sie ohnmächtig geworden war.

Das Desinteresse der Frau bot eine Chance, und Maria zögerte nicht, diese auszunutzen.

Am Morgen ihres fünfzehnten Tages in Gefangenschaft im Haus wartete sie, bis die Frau sie mit ihrem Frühstück allein gelassen hatte. Sobald sich die Tür schloss und der Schlüssel im Schloss drehte, hob sie das Messer von ihrem Frühstückstablett auf und ging schnell zum Fenster. Sie schob die Vorhänge beiseite und machte sich an die Arbeit an ihrem geheimen Projekt.

Das Fenster war undurchsichtig, was zunächst eine Enttäuschung gewesen war, da sie nicht hinausschauen konnte, aber es hatte nicht lange gedauert, bis Maria den Vorteil erkannte, dass niemand sie sehen konnte. Oder sah, was sie tat.

In den vergangenen Tagen hatte sie es geschafft, den Riegel an der Fensterklinke nach und nach zu lösen, und heute Morgen wurden ihre Bemühungen belohnt, als er schließlich nachgab.

»Ah«, keuchte sie.

Erfolg. Gott sei Dank.

Sanft gegen den Rahmen drückend, schob sie das Fenster einen Zentimeter auf. Weiter wagte sie es nicht, aus Angst, dass es sonst jemand von außen bemerken würde. Sie legte ihre Nase gegen die Lücke und atmete tief ein.

Köstliche, frische Luft füllte ihre Lungen, und Freude funkelte in ihrem Herzen. Es war ein kleiner Schritt, aber er gab ihr Hoffnung. Sie war entschlossen, das Versprechen zu erfüllen, das sie ihrer Mutter an Bord des Schiffes im Stillen gegeben hatte.

Mamá. Ich werde meinen Weg nach Hause finden. Wir werden wieder zusammen sein.

Sie eilte zurück zu ihrem Frühstück, das jeden Morgen das gleiche Standardangebot war, ein schlecht zubereitetes Stück Pastete. Sie schnitt ein großes Stück davon ab und trug es zum Fenster. Sie zerbröckelte es zwischen den Fingern und ließ den Wind die Krümel mitnehmen.

»Es ist ein Anfang«, flüsterte sie.

Sie müsste den Rest des üblen Gebäcks essen, aber zumindest gab es jetzt eine Chance, dass sie in der Lage sein könnte, bis zur nächsten Mahlzeit ein paar Stunden bei Bewusstsein zu bleiben. Stunden, die sie darauf verwenden könnte, einen Weg zu finden, um zu entkommen.

Kapitel Neun

Sie ließen das Haus bewachen. Jeden Morgen wurde Toby in die Queen Anne Street gebracht, wo er auf einen Baum im hinteren Teil von Nummer sieben kletterte und den Tag damit verbrachte, das Kommen und Gehen im Garten nebenan zu beobachten. Kurz bevor sie ihn wieder abholten, schob Stephen eine Wurst durch den Zaun von Nummer neun und unterhielt sich freundlich mit dem Wachhund.

Eine Blumenverkäuferin erhielt ein paar Münzen, um ihren Wagen auf der anderen Straßenseite aufzustellen. Sie wurde damit beauftragt, zu notieren, wer durch die Haustür kam und ging.

Am Ende des dritten Tages hatte Lisandro eine gute Vorstellung von der Routine der Dinge. Sie hatten eines Abends die Frau, die im Haus arbeitete, bis nach Hause verfolgt und sie danach unter ständiger Überwachung gehalten. Zwei andere Männer gingen ebenfalls im Haus ein und aus, aber sie schienen dort zu wohnen.

Ein Kriegsrat wurde für den Abend einberufen. Anwesend waren Stephen, Lord Harry, Gus und Lisandro. Ihr Hauptspion, Toby, saß am Kopfende des Tisches, ein Bild der Ernsthaftigkeit.

»Die alte Dame kommt und sitzt etwa eine Stunde nach

meiner Ankunft jeden Morgen auf der Treppe. Sie raucht eine Zigarre ganz auf und geht dann wieder hinein. Ich sehe sie noch ein paar Mal am Tag wieder herauskommen, dann geht sie, gerade wenn die Sonne untergeht«, erklärte er.

Lisandro öffnete sein Notizbuch. »Ich habe es mir von der Blumenverkäuferin noch einmal bestätigen lassen, dass die einzige Person, die die Haustür benutzt, Señor Alba ist. Was bedeutet, dass wir später am Tag nur ihn und die beiden anderen unbekannten Männer im Haus haben.«

Festzustellen, wo genau die beiden Männer die Nacht verbrachten, war ein Problem, das sie noch anzugehen hatten. Nur ein Narr würde sich in ein Haus schleichen, ohne zu wissen, wo mögliche Angreifer lauern könnten. Trotzdem waren sie immerhin in der Überzahl, und wenn es nötig werden sollte, könnten sie mit den Entführern fertig werden. Aber sie mussten wissen, wo Maria untergebracht war. Es war nicht ungewöhnlich, dass Gefangene von ihren Entführern getötet wurden, anstatt gerettet zu werden.

Toby räusperte sich und warf einen Blick auf Stephen. Der Verwalter schmutziger Taten hatte den jungen Waisen unter seine Fittiche genommen und ihm die Werkzeuge seines Geschäfts beigebracht.

»Sprich, Toby. Denk daran, was ich dir beigebracht habe. Selbst kleinste Details können lebenswichtig sein«, sagte Stephen.

»Nun, ich habe gestern früh eines der Fenster im Obergeschoss beobachtet und könnte schwören, dass es sich ein ganz kleines bisschen öffnete, nachdem die alte Frau zum Rauchen nach unten gegangen war. Sie war weit davon entfernt, also bemerkte sie es nicht.«

Lisandro setzte sich vor und hörte aufmerksam zu. Toby hatte ein gutes Auge für Details, und selbst in der kurzen Zeit, seit er den Jungen kannte, hatte Lisandro gelernt, seinen Instinkten zu vertrauen. »Fahr fort.«

»Etwas fiel aus dem Fenster. Ich bin mir nicht sicher, was es war, aber der Hund rannte rüber und verschlang es schnell. Dann ging er zurück an seinen Platz bei den Ställen und legte sich hin. Für den ganzen Rest des Tages hat er sich nicht mehr bewegt, soweit ich gesehen habe.«

Da war ein Funkeln in Tobys Augen, das Lisandro nur zu gut kannte – die Freude, die durch die Entdeckung einer lebenswichtigen Information entstand, etwas, das alles verändern konnte.

»Ich hatte heute Morgen das Fernglas schon bereit, als die Frau herauskam. Innerhalb einer Minute, nachdem sie ihre Zigarre angezündet hatte, öffnete sich das gleiche Fenster im Obergeschoss. Diesmal sah ich eine kleine Hand und etwas, das aussah wie ein Stück Pastete. Es wurde genau wie gestern fallen gelassen, und wieder fraß der Hund es.«

»Hat der Hund den ganzen Tag geschlafen?«, fragte Lisandro.

Toby nickte.

Gus gab einen leisen Pfiff von sich. Lisandro und Stephen tauschten ein hoffnungsvolles Grinsen aus.

Jemand, der sich im Haus versteckte, wartete, bis die Haushälterin nach draußen ging, um ihre morgendliche Zigarre zu genießen, und warf dann Essen aus dem Fenster. Essen, das nach der Reaktion des Hundes eindeutig unter Drogen gesetzt worden war.

Eine kleine Hand. Vielleicht eine Frau.

Die Erinnerung an Diego de Elizondo, wie er auf dem Gelände des Schlosses von Tolosa stand und ihn anflehte, Maria zu retten, kam Lisandro klar in den Sinn. Der herzzerreißende Blick von Verzweiflung und Angst auf Diegos Gesicht würde ihn all seine Tage verfolgen.

Er sandte ein stilles Gebet über die vielen Seemeilen in seine Heimat, in der Hoffnung, dass Diego irgendwie seine Botschaft bekommen würde.

Ich denke, wir haben Maria gefunden.

Der Gedanke an Diego brachte auch den Rest ihres Gesprächs zurück; und die Belohnung, die Lisandro erhalten wollte, wenn er Maria sicher nach Hause brachte. Zeit mit ihr verbringen zu dürfen, damit die Familie Elizondo die Erwartung der spanischen Gesellschaft akzeptierte, dass Lisandro Maria zu seiner Frau machen würde.

Und was ist, wenn sie diese Idee nicht gutheißt?

Maria aus den Klauen einer blutrünstigen Bande von Entführern zu retten, könnte das geringste von Lisandros Problemen sein.

Kapitel Zehn

»Das könnte alles ziemlich schlecht enden.« Sir Stephen sagte immer das Gleiche zu Beginn jeder gefährlichen Begegnung. Es war seine eigentümliche Art zu sagen: »Pass auf dich auf und lass dich nicht töten«, ohne tatsächlich seine Ängste äußern zu müssen.

Lisandro überprüfte zum fünften Mal seine Pistole und war fest entschlossen, dass er nicht derjenige auf der falschen Seite einer Waffe sein würde. Als er auf seine Hände blickte, nachdem er die Waffe ins Holster geschoben hatte, war er erleichtert, dass sie nicht zitterten. Kühle Köpfe waren erforderlich für das, was heute Abend vor ihnen lag. Ihr Leben, und das Leben von Maria de Elizondo Garza, hing davon ab.

Die Kutsche fuhr in die dunkle Gasse auf der Rückseite der Queen Anne Street Nummer neun und hielt an. Sie warteten schweigend, bereit für das Signal.

Als etwas laut gegen die Seite der Kutsche klopfte, erschraken beide Männer. Lisandro richtete seine Pistole sofort auf die Tür.

Die Tür schwang auf, und Augustus Jones stand im grellen Licht. Er schaute zu Stephen und dann zu Lisandro. »Unsere Männer sind auf der anderen Straßenseite bei der Vorderseite des Hauses in Position. Wie vereinbart, werde ich an die Tür klopfen, während Harry und seine Männer von hinten heranstürmen.«

Er warf einen Blick auf Lisandros Pistole und verzog das Gesicht. »Es versteht sich von selbst, dass ich heute Abend nicht von einem von euch beiden erschossen werden möchte. Seid also besonders vorsichtig, wenn ihr euch entscheiden solltet, mit dem Schießen zu beginnen.«

Ihre Pläne beinhalteten nicht, dass sie sich den Weg freischießen mussten. Die Ablenkung an der Haustür würde hoffentlich ausreichen, damit Stephen und er in der Lage wären, Maria zu ergreifen. Der Anblick von Stephens mächtigem doppelläufigen Revolver ließ ihn innehalten, aber er kannte den Engländer gut genug, um seinen Instinkten zu vertrauen, wenn es darum ging, Waffen zu schwingen.

Lisandro zog seine Taschenuhr aus seiner Weste und überprüfte die Uhrzeit. Es war fast elf. Pünktlich zur vollen Stunde würden sie das Haus überfallen.

»Viel Glück. Wir werden uns so schnell wie möglich treffen«, sagte Stephen.

Gus schloss die Tür und verschwand in der Nacht.

Stephen beugte sich vor und bot Lisandro seine Hand an. »*Los Santos te protegen*, mein Freund.«

»Ja, und mögen die Heiligen dich auch beschützen.«

Er folgte Stephen aus der Kutsche hinaus.

Früher am Tag, als der Hund geschlafen hatte, war Toby vom Baum nebenan hinuntergestiegen und hatte das Tor zum Hinterhof geöffnet. Dann hatte er es wieder zugeschoben, aber mit einem Pflock daran gehindert, sich ganz zu schließen. Vom Haus aus schien das Tor fest verschlossen zu sein, eine Illusion, von der sie alle hofften, dass sie halten würde.

Als er das Tor erreichte, beugte sich Lisandro vor und zog den Pflock heraus. Es öffnete sich leise, und sie traten ein.

Der arme Hund trottete langsam zu ihnen herüber, und

Stephen zog eine Wurst aus seiner Jackentasche. Er reichte den Leckerbissen dem Tier, das glücklich schluckte.

»Dann weg mit dir, Junge«, flüsterte er, und die Bulldogge wanderte aus dem Tor hinaus.

Der Fahrer der Fluchtkutsche hob das Tier in seine Arme und setzte es auf den Sitz neben sich. Zufrieden schlief die Bulldogge wieder ein. Am Morgen würde der glückliche Hund ein neues Zuhause und alle Würste, die er sich wünschen konnte, haben.

Lisandro und Stephen eilten zur Hintertür; ein Satz von Generalschlüsseln erledigte schnell das Problem einer verschlossenen Tür. Die Tür hatte sich gerade geöffnet, als ein lautes Klopfen vor dem Haus ertönte. Sie glitten zügig hinein und versteckten sich, nachdem sie die Tür geschlossen hatten, unter der Treppe.

»Ja, ja, warte einen Moment«, murmelte Señor Alba.

Er machte sich auf den Weg nach unten, gefolgt von einem anderen Mann. Lisandro drehte sich zu Stephen um und hielt zwei Finger hoch.

Nur einer.

Er hörte das Klicken, mit dem mehrere Pistolen kurz vor dem Öffnen der Haustür gespannt wurden. Wer auch immer an der Tür war, würde mit Gewalt begrüßt werden.

Im gleichen Moment trat Stephen aus seinem Versteck und feuerte zweimal. Die beiden Männer fielen zu Boden.

Die nächsten Minuten waren ein reines Chaos. Lisandro rannte mit Stephen und Gus auf den Fersen zur Treppe.

Eine Gestalt mit einem Gewehr in der Hand erschien auf dem oberen Treppenabsatz. Mit einer geschickten Bewegung, die einer Flamencotänzerin würdig gewesen wäre, drehte sich Lisandro nach links, als Gus seine Pistole hob und auf den Kopf des Mannes feuerte. Der Schuss ging daneben, und Gus fluchte.

Lisandro zielte. Seine Kugel fand ihr Ziel, und ein roter Fleck erschien auf der Stirn des anderen Mannes. Er fiel auf die Knie, die Waffe rutschte ihm aus den Händen.

Oben auf der Treppe bog Lisandro nach rechts ab, während Stephen und Gus nach links gingen. Zimmer für Zimmer enthüllte nur leere Möbel, aber als Lisandros Hand die Klinke des letzten Zimmers ergriff, bewegte sich diese kein bisschen. Er wühlte in seiner Jackentasche herum, zog er seine eigenen Generalschlüssel heraus und steckte einen in das Schloss.

Klick.

Die Tür öffnete sich, und er trat in einen schwach beleuchteten Raum. Auf einem Bett in der Ecke lag ein Körper, bewegungslos, wie tot. Sein Herz blieb für einen Augenblick stehen. War er zu spät? Hatten sie sie getötet, bevor sie an die Tür kamen?

Als der Körper stöhnte und sich umdrehte, musste er sich zusammenreißen, um nicht im Gebet auf die Knie zu sinken.

»Oh, *gracias Padre Celestial*«, flüsterte er und machte das Zeichen des Kreuzes.

Er eilte zu Maria und hielt kurz inne, als er ihr Gesicht sah.

Sie sind so schön, wie ich mich erinnere. Gott sei Dank sind Sie noch am Leben.

Er beugte sich vor und schüttelte sie sanft an der Schulter.

»Maria de Elizondo Garza, wachen Sie auf. Maria, wir sind hier, um Sie nach Hause zu bringen.«

Seine Bitten waren vergebens. Sie lag entweder in einem tiefen Schlaf oder war unter Drogen gesetzt worden. Lisandro vermutete Letzteres.

Gus erschien im Zimmer und kam ans Bett. »Wenigstens eine Person lebt noch in diesem Haus. Ich fürchte, du und Stephen seid zu handlich mit einer Pistole, und keiner der Entführer hat überlebt.«

Es war ein Jammer. Lisandro hätte gern etwas Zeit mit dem verstorbenen Señor Alba verbracht und herausgefunden, wer der Drahtzieher hinter der Entführung von Maria gewesen war. Mister Wicker war wahrscheinlich derjenige gewesen, der das erste Lösegeld eingesteckt und den zweiten Brief an den Priester in Bilbao ausgehändigt hatte, aber nach der indiskreten Art und

Weise, wie sich der Engländer in der Taverne von Zarautz verhalten hatte, war Lisandro zu dem Schluss gekommen, dass er sicherlich nur ein Mittelmann war. Wer auch immer den Plan gehabt hatte, Maria zu entführen, blieb im Verborgenen.

Stephen betrat den Raum. »Der Rest des Hauses ist leer. Toby hat die Leute richtig gezählt.« Er warf einen Blick auf Maria und zuckte zusammen. »Ich nehme an, sie wurde noch einmal unter Drogen gesetzt.«

Lisandro legte seine Arme um ihren schlaffen Körper und hob sie vom Bett. Stephen und Gus halfen ihm, Maria über seine Schultern zu legen, ehe sie den Raum verließen.

Sie gingen auf die Treppe zu und machten sich langsam auf den Weg zum Erdgeschoss und in den Hinterhof. Innerhalb von Minuten saßen sie mit Maria sicher in der Kutsche und waren auf dem Weg zur Gracechurch Street.

Lisandro hielt sie weiterhin in den Armen; bis er Maria an ihre Familie zurückgab, wollte er sie immer bei sich behalten.

Niemand sagte ein Wort. Sie hatten Maria gerettet, aber drei Männer lagen tot im Haus in der Queen Anne Street Nummer neun. Jede Vorstellung von Feiern wurde angesichts dieser Todesfälle gedämpft.

Sie waren in der Nähe der St-Pauls-Kathedrale, als sich Maria schließlich aus ihrem drogenbedingten Schlummer rührte und ihn anstarrte. Ihre Augen waren glasig. »Bitte lassen Sie mich gehen«, flehte sie, ihre Stimme schwankend.

Lisandro strich ihr die Haare aus dem Gesicht und flüsterte leise: »*Estas seguro conmigo.*«

Sie schüttelte den Kopf. »Wie kann ich in Sicherheit sein, wenn Sie mich von meiner Familie gestohlen haben?«

»Maria, ich bin Lisandro de Aguirre. Ich halte Sie und werde Sie beschützen.«

Sie hob eine Hand und gab ihm einen schwachen Schlag auf den Arm. »Sie haben mich entführt. Sie dreckiger *Bastardo*.« Und damit schloss sie die Augen und versank wieder in die Bewusstlosigkeit.

Stephen lachte ihn von der anderen Seite der Kutsche an. »Oje, dahin ist jede Hoffnung, dass sie denken würde, du wärst ein Held.«

Lisandro nahm den Anblick der schlafenden Frau in sich auf, die er gerade gerettet hatte.

Es sollte eine lange und schwierige Heimreise werden.

Kapitel Elf

Maria erwachte zu echtem Sonnenschein. Es gab keine Vorhänge, die das Licht aussperrten, und auch keine böswillige Engländerin, die verlangte, dass sie sich erhob und den Tag begrüßte.

In ihrem Kopf hämmerte es, aber sie hatte sich an den täglichen Kater durch die Drogen gewöhnt. Ihre Finger streckten sich und berührten weiche, warme Decken. Sie schlief unter sauberen Laken.

Ist das hier ein Traum?

Sie war sicher wieder zu Hause und wachte in ihrem Bett auf. Jeden Moment würde ihr Dienstmädchen an die Tür klopfen und fragen, ob sie ihren morgendlichen Kaffee auf der Terrasse einnehmen wollte.

Beim Knistern von Holzscheiten in einem Feuer rollte sich Maria auf die Seite. In einem nahe gelegenen Kamin brannte eine helle, einladende Flamme. Sie konzentrierte sich auf die Kaminumrandung. Die sah nicht aus wie die gemauerten auf Schloss Villabona. Dieser Kamin hier war aus Holz.

Wo bin ich?

Langsam setzte sie sich auf und stützte ihren noch vernebelten Kopf.

»Oh«, seufzte sie.

Sie betrachtete ihre Umgebung. Irgendwann in der Nacht war sie offensichtlich woanders hingebracht worden. Aber warum? *Wurde das Lösegeld gezahlt? Kann ich endlich nach Hause zurück? Oder werden sie mich töten?*

Neben dem kleinen, aber funktionellen Kamin hatte der Raum ein einziges Fenster. Die Fensterscheibe selbst war glattes Glas, aber bei der Menge an Schmutz, der außen an der Scheibe klebte, bezweifelte sie, dass jedermann hereinschauen konnte. Das ganze Haus war kaum annähernd sauber zu nennen.

Sie warf einen Blick auf die andere Seite des Raumes. Ein Stuhl. Ein Tisch. Ein Mann war auf einem zerschlissenen alten Ledersofa eingeschlafen.

Maria runzelte die Stirn. *Ist das der Herzog von Tolosa? Ich glaube, er ist es. Warum ist er hier?*

Verschwommene Erinnerungen an eine abgedunkelte Kutsche und daran, dass man sie über die Schulter geworfen und so getragen hatte, schwammen in ihrem Kopf. Natürlich! Er musste derjenige gewesen sein, der ihre Entführung überhaupt geplant hatte. Der Erzfeind ihrer Familie hatte sie vom Strand in Zarautz weggeschnappt und nach England verschleppt.

Sie sprang aus dem Bett und suchte verzweifelt nach etwas Großem und Schwerem, das sie ihm über den Schädel ziehen konnte. Maria fluchte leise. Es gab nicht einmal einen Schürhaken beim Feuer, den sie als Waffe benutzen konnte.

Sie drückte auf die Türklinke und stellte fest, dass die Tür verschlossen war.

Natürlich ist abgeschlossen. Er mag böse sein, aber er ist nicht dumm.

Sie betrachtete die schlafende Gestalt von Lisandro de Aguirre. Sein zerzaustes, dunkles Haar, der Bartschatten, der in jener Nacht auf dem Ball ihr Verlangen geweckt hatte. Warum musste so ein schrecklicher Mann so verdammt gut aussehend sein? In allen Volksmärchen waren nur missgestaltete und geradezu hässliche Oger unfreundlich und grausam.

Dann senkte sich ihr Blick auf Lisandros Manteltasche und

den Schlüsselring, der einen Zentimeter herausragte. Ihr Mund wurde trocken. Könnte sie es tun? Den Schlüssel stehlen und fliehen? Es mochten noch andere Männer vor der Tür sein, aber sie musste es riskieren.

Tief durchatmend, um ihre Nerven zu beruhigen, machte Maria einen Schritt auf ihn zu. Dann noch einen. Beim vierten Schritt knarrte eine lose Diele, und sie erstarrte. Ihr Blick blieb auf ihn gerichtet, und sie wartete auf ein Zeichen, dass er sich aus dem Schlaf rühren könnte. Er bewegte keinen Muskel. Seine langsamen, gleichmäßigen Atemzüge gingen weiter.

Gott sei Dank.

Sie beugte sich hinab, hakte zwei Fingerspitzen unter den Ring und zog sanft daran. Die Schlüssel bewegten sich.

Ich schaffe das.

Beim nächsten Ziehen hatte sie die Schlüssel fast aus seiner Manteltasche gezogen.

Eine große männliche Hand legte sich fest um ihr Handgelenk. »Sie müssen härter an Ihren Taschendiebstahlfähigkeiten arbeiten, wenn Sie Ihren Lebensunterhalt als Langfinger verdienen wollen«, sagte er.

Maria versuchte, sich zurückzuziehen, aber Lisandro hielt sie fest. Seine Beine über die Seite des Sofas schwingend, setzte er sich auf. »Jetzt werde ich Sie loslassen, und Sie werden einen Schritt zurücktreten. Ist das klar?«

Sie nickte.

Lisandro ließ Marias Handgelenk los. Sie machte einen Schritt zurück.

Und dann stürzte sie sich auf ihn. »*Te odio, perro sucio!*«

Der erste Schlag landete perfekt auf seiner Wange. Sie setzte nach mit einem festen Schlag mitten in sein Gesicht, bei dem ihre Hand vor Schmerzen explodierte. »Oh!«, rief sie.

Er erhob sich vom Sofa, Blut strömte aus seiner Nase. Schnell zog er ein Taschentuch aus der Tasche. Maria streckte die Hand aus, weil sie glaubte, dass er es ihr geben wollte, damit sie es um ihre verletzte Hand wickeln könnte; stattdessen hielt er es an sein Gesicht.

»Du hast mich geschlagen, nennst mich einen Hund und erwartest dann, dass ich ein Gentleman bin?«, sagte er.

Es gab ein Rasseln und ein Knirschen von Schlüsseln an der Tür, dann flog das Türblatt auf. Zwei Männer stürzten in den Raum.

»Was zum Teufel geht hier vor?«, fragte der erste Mann, sein Akzent markierte ihn eindeutig als Engländer.

Der zweite warf einen Blick auf Lisandro und legte schnell eine Hand über seinen Mund. Maria runzelte die Stirn angesichts der Freude, die in seinen Augen tanzte. Was für ein Mann würde so etwas amüsant finden?

Sie zog sich, so weit sie konnte, von ihnen zurück. Heute Morgen war das erste Mal, dass sie mit halbwegs klarem Kopf aufgewacht war. Diese Klarheit des Denkens war jedoch ein zweischneidiges Schwert. Es ließ Platz für Angst.

Wer waren diese Männer, und welche Rolle spielten sie im bösen Plan des Herzogs von Tolosa?

Tränen brannten Maria in die Augen, als das Gewicht ihrer Umstände schwer auf ihren Schultern lastete. Ihre Entführer hatten sich ihr gezeigt – und damit kam die tiefe Sorge, warum sie ihre Identität nicht mehr verheimlichten.

»Bitte. Mein Vater hat Geld. Er wird bezahlen, was Sie wollen«, sagte sie.

Lisandro entfernte das Tuch von seinem Gesicht. Die Blutung schien abgeklungen zu sein.

»Doña Maria, wir sind nicht Ihre Entführer. Letzte Nacht haben wir das Haus in der Queen Anne Street durchsucht und Sie gerettet«, sagte er.

Gerettet?

Sie schüttelte den Kopf. Es war eine unwahrscheinliche Geschichte. Wie konnte sie ihm glauben?

»Warum sind dann Sie, der Feind meiner Familie, hier? Sagen

Sie mir nicht, dass Sie nur zufällig in London sind. Don de Aguirre, ich glaube nicht an Zufälle«, entgegnete sie.

Lisandro fing ihren Blick auf, und Maria starrte ihn an, entschlossen, ihm zu zeigen, dass sie keine Angst hatte.

Sein Gesichtsausdruck schien mehr Anlass zur Sorge als zur Wut zu geben. Seine Stirn war in strenge Falten gezogen.

Der große Mann, der zuerst durch die Tür gebrochen war, tauchte in eine tiefe Verbeugung und erschreckte sie. »Ich bin Sir Stephen Moore, Doña Maria. Lisandro hier sagt die Wahrheit. Wir haben letzte Nacht drei Männer getötet, um Ihre Freilassung zu sichern. Niemand hier wird Ihnen wehtun.«

Ihr Blick schweifte zu dem anderen Mann. Er neigte seinen Kopf. »Ich bin Lord Harry Steele. Mein Vater ist der Herzog von Redditch. Ich mag vieles sein, aber ein Entführer wehrloser Frauen gehört nicht dazu. Meine Frau würde es nicht zulassen.«

Er nickte Lisandro zu und grinste hinterhältig. »Obwohl ich gemessen an dem Chaos, das das Gesicht meines Freundes ist, vielleicht annehmen möchte, dass Sie nicht ganz unfähig sind, sich zu verteidigen.«

Marias Finger ballten sich zu Fäusten. Sie wollte ihnen so sehr glauben. Dass sie nicht mehr in Gefahr war und endlich nach Hause gehen könnte.

Lisandro griff in die Tasche seiner Weste und holte eine Goldkette heraus.

»Mein Santiago-Medaillon!«, rief sie.

Aber wie konnte er das in die Hände bekommen? Ich habe es in der Villa gelassen.

Ihre Knie gaben unter ihr nach, und sie brach zusammen, Tränen strömten über ihr Gesicht.

Lisandro beugte sich vor und drückte die Halskette in ihre Handfläche. »Meine Herren, könnten Sie bitte Doña Maria und mir einen Moment unter vier Augen geben?«

Er sank vor Maria nieder und schlang seine starken Arme um sie.

Bitte, Herr, lass das wahr sein. Lass diesen Mann alles sein, was er sagt.

Kapitel Zwölf

Als Lisandro anfing, ihr Haar sanft zu streicheln, legte Maria den Kopf an seine Brust. Der warme Trost seiner Umarmung war zu groß, um zu widerstehen.

»Lassen Sie mich Ihnen helfen.« Er deutete auf die Kette.

Sie setzte sich auf ihre Fersen, und er nahm die Kette und streifte sie über ihren Kopf. Mit einem schluchzenden Seufzer legte Maria ihre Finger gegen das Medaillon. *Ich war so dumm, es abgenommen zu haben. Das werde ich nie wieder tun.*

»Hat mein Vater Ihnen das gegeben?«, fragte sie.

Er strich ihre Tränen mit seinem Daumen weg. Schauder glitten über ihre Wirbelsäule bei seiner Zartheit. »Nein. Diego hat es getan. Er glaubt nicht, dass Ihr Vater jemals zugestimmt hätte, mich bei Ihrer Rettung helfen zu lassen. Ich verstehe das. Mit der Fehde zwischen unseren Familien würde seine Ehre es nicht zulassen.«

Die Tatsache, dass Diego den Herzog von Tolosa um Hilfe gebeten hatte, ergab dennoch keinen Sinn. Von dem Wenigen, das sie von ihm wusste, war Lisandro nichts anderes als ein gut begüterter Bauer. Und obwohl er angeblich dazu beigetragen hatte, König Ferdinand auf den spanischen Thron zurückzubringen, war er nur einer von vielen Menschen in diesem Kampf gewesen.

Warum war dann ihr Bruder in der Stunde der Not zu Lisandro gegangen?

Nachdem er Maria auf die Füße geholfen hatte, trat Lisandro zur Tür. Sie griff nach dem Ärmel seines Mantels. »Don de Aguirre, verzeihen Sie, dass ich Sie angegriffen habe. Und auch, dass ich Sie so schreckliche Dinge genannt habe.«

Zu ihrer Überraschung legte er seine Hand auf ihre und klopfte sanft. Als sich ihre Blicke trafen, fing sie den Hauch eines Lächelns auf seinem Gesicht ein.

»Ich hätte auf der Hut sein sollen. Ich erinnere mich, dass Sie in jener Nacht auf dem Ball mehr als ein wenig angewidert waren, als sie erkannten, wer ich war.«

Maria zuckte zusammen, als sie sich an ihren hochmütigen Umgang mit ihm erinnerte.

Seine Lippen verzogen sich zu einem Grinsen. »Kommen Sie, Sie müssen etwas essen und brauchen einen Kaffee, Doña Maria. Ich gehe davon aus, dass Sie es zu schätzen wissen, ein herzhaftes Frühstück zu sich zu nehmen, von dem Sie wissen, dass es nicht unter Drogen gesetzt wurde.«

Er griff nach der Türklinke, aber sie zögerte erneut, den Raum zu verlassen. Diesen Augenblick zwischen ihnen zu beenden. »Don de Aguirre, Sie haben mich gerettet. Und so sehr es meinen Vater auch enttäuschen mag, das macht Sie zu meinem Freund. Freunde nennen mich Maria.«

Sein Gesichtsausdruck wurde weicher, und erneut drohten Tränen. »Maria«, sagte er. »Und wenn wir Freunde sind, dann bin ich Lisandro.«

Mit einem unerwarteten Kloß in der Kehle folgte Maria Lisandro aus dem Raum. Sie waren Freunde. Vorerst.

Aber es mochte eine Zeit kommen, in der sie wieder Feinde sein würden.

Kapitel Dreizehn

Er war überrascht, wie gut Maria englisch sprechen konnte. Lisandro hatte erwartet, für sie übersetzen zu müssen, aber nicht lange, nachdem sie sich an den langen, abgenutzten Esstisch gesetzt hatte, hatte sie ein Gespräch mit Augustus Jones begonnen.

»Ich liebe die Küste entlang der Kantabrischen See; sie ist so schön. Und natürlich Ihr entzückendes Dorf Villabona. Die Weine in diesem Teil Spaniens sind großartig«, sagte er.

Gus legte eine Hand auf Marias Arm, und Harry warf Lisandro einen Blick zu. Augustus Trajan Jones hatte eine silberne Zunge, mit der er sogar Casanova zu konkurrieren vermochte. Die Liste seiner weiblichen Bewunderer war lang und farbenfroh.

Lisandro und Harry standen nebeneinander beim Feuer und wärmten sich. Es mochte Herbst sein in England, aber es war viel kälter als in Spanien. Warum irgendjemand freiwillig in diesem kühlen Land lebte, war ihm ein Rätsel.

Harrys Frau, Alice, hatte Maria freundlicherweise ein modisches, warmes Kleid und einen Schal sowie Wollstrümpfe und ein kleines Etui mit Bändern und einer Haarbürste zur Verfügung gestellt. Lisandro freute sich, dass Menschen, die Maria noch nie getroffen hatten, trotzdem daran interessiert waren, dass sie sich wohl und umsorgt fühlte.

Die Tür zum Hauptraum öffnete sich, und Stephen trat durch, gefolgt von dem jungen Toby. Der Junge schien immer dicht hinter seinem Vormund zu bleiben. Sie begannen schnell, Teller und Tassen wegzuräumen.

Als der Tisch frei von Frühstücksresten war, wandte sich Stephen an seinen jungen Schützling. »Toby, stell dich vor.«

Der Junge nahm die Mütze vom Kopf und ging zu Maria. Er verbeugte sich tief. Lisandro wandte sich ab und unterdrückte ein Lachen, als Toby ein wenig zu laut bis drei zählte, bevor er sich aufrichtete.

»Do...« Toby schwankte und warf einen Blick auf Stephen. Auf jeder seiner Wangen erschien ein roter Fleck.

»Doña Maria. Denk an den Zungenschlag, wie wir es geübt haben«, sagte Stephen.

Toby versuchte es noch einmal. »Don...ia Mari...a. Ich bin Toby.«

Lächelnd streckte Maria ihre Hand aus. »Es ist mir eine Ehre, dich kennenzulernen, Toby. Ich habe gehört, dass du letzte Nacht eine wichtige Rolle bei meiner Rettung gespielt hast.«

Die Augen des Jungen weiteten sich, ebenso wie sein Lächeln. Er wippte auf seinen Fußballen auf und ab. »Ich habe gesehen, wie du das Essen aus dem Fenster geworfen hast. Und ich beobachtete, wie der Hund es aß und einschlief. Ich war derjenige, der dich gefunden hat.«

Maria winkte ihn zu sich. Sie küsste ihn auf die Wange. »Du hast einen wunderbaren Job gemacht, Toby. Ich kann dir nicht genug dafür danken, so mutig gewesen zu sein. Wenn ich nach Spanien zurückkomme, verspreche ich, dir eine Belohnung zu schicken.«

Er schüttelte sofort den Kopf. »Nein. Deine Rettung war genug, Doña Maria.«

Sie blickte fragend zu Lisandro.

»Sir Stephen lehrt Toby, ein Gentleman zu sein. Und ein

guter Mann sucht nicht immer die Bezahlung für seine tapferen Taten«, erklärte er.

Toby bewegte sich unruhig auf den Füßen. Sein ständiges Zappeln war ein Beweis dafür, dass er lieber woanders sein würde als ausgerechnet hier. Stephen legte die Hand freundlich auf seine Schulter. »Geh und hol dir ein Frühstück. Und wenn du fertig bist, bringst du ein bisschen knusprigen Speck zu deinem neuen Hund. Fort mit dir! Guter Junge.«

Der Junge stieß einen hörbaren Seufzer der Erleichterung aus und ging in die Küche.

Als er weg war, wandte sich Maria an Stephen. »Ist er Ihr Sohn?«

»Nein. Als ich vor Kurzem die persönlichen Angelegenheiten meines verstorbenen Vaters regeln wollte, fand ich Toby auf dem alten Anwesen. Ich habe ihn mit nach London genommen.«

Uneheliche Kinder und Verirrungen waren nicht die Art von Dingen, die man vor einer wohlerzogenen Adligen besprach. Es gab genug Dinge, in denen Toby und Stephen einander ähnelten, die Lisandro zu der Schlussfolgerung veranlassten, dass sie wahrscheinlich Halbbrüder waren. Nach dem, was er von Maria wusste, war sie nicht dumm. Wahrscheinlich würde sie ebenfalls zwei und zwei zusammenzählen.

Stephen zog einen Stuhl heran und nahm seinen Platz an der Spitze des Tisches ein. Harry und Lisandro entfernten sich vom Feuer. Während Harry auf der gegenüberliegenden Seite Platz nahm, setzte sich Lisandro neben Maria.

»Jetzt wissen wir, dass die drei im Haus tot sind. Was wir nicht wissen, ist, ob es noch jemanden in London gibt, der direkt an der Entführung beteiligt war«, sagte Lisandro.

Maria setzte sich vor. »Wie steht es mit der Frau? Die mir das Essen gebracht hat.«

Harry räusperte sich. »Sie hat gestern Abend einen Besuch von mir erhalten, und ich habe sie zurück zum Haus in der Queen Anne Street gebracht. Es genügt zu sagen, dass sie beschlossen hat, die Stadt zu verlassen und die Familie auf dem

Land zu besuchen, nachdem sie ihre Komplizen gesehen hatte. Ich gehe nicht davon aus, dass sie bald zurückkehren wird.«

Marias Wangen wurden bleich. Lisandro warf Harry einen missbilligenden Blick zu. *Musstest du ihr das wirklich sagen? Ich bin sicher, dass der Tod nicht die Art von Dingen ist, über die sie bei ihrem Morgenkaffee spricht.*

»Gut. Sie sollte dankbar sein, dass Sie sie nicht auch erschossen haben. Ich hätte es getan, selbst wenn sich nur die kleinste Gelegenheit ergeben hätte«, erwiderte Maria. Sie begegnete Lisandros Blick, und er war derjenige, der blinzelte. Maria de Elizondo änderte schnell seine Meinung über sie. Vielleicht hatte sie doch nicht so ein beschütztes Leben geführt. »Lisandro, Sie irren, wenn Sie glauben, dass ich noch keine Gewalt gesehen habe. Oder dass mein Leben nicht ohne Tragödie gewesen ist.«

Zu seiner ständig wachsenden Sorge richtete sie ihre Aufmerksamkeit dann auf Gus. »Mister Jones, ich nehme an, Ihre Reisen nach Spanien im Laufe der Jahre waren nicht einfach dazu da, um die Aussicht zu genießen. Ich weiß, dass die Engländer während des Krieges in meinem Land stark involviert waren, und ich meine damit nicht nur die Schlachten des Peninsular-Konflikts. Darf ich ehrlich zu Ihnen sein?«

Gus nickte unbehaglich.

»Waren Sie und Ihre Freunde als Spione tätig? Agenten der britischen Krone?«

»Hm. Ich glaube nicht, dass ich Ihnen ehrlich gesagt zu viel von dem erzählen kann, was wir während des Krieges gegen Napoleon getan haben.« Er warf einen Blick auf Lisandro. »Und wenn ich sage ›wir‹, dann schließe ich den Herzog von Tolosa in diese Gruppe ein.«

Maria zuckte bei der Enthüllung kaum zusammen, und das gab Lisandro noch mehr Anlass zur Sorge. Wie viel wusste diese Frau über seine Kriegsaktivitäten?

»Vielleicht könnten Maria und ich die spanische Innenpolitik zu einem anderen Zeitpunkt besprechen«, wagte er zu sagen.

Bitte beachten Sie den Hinweis. Das ist gefährlicher Boden, auf dem Sie gerade wandeln, Maria.

Sie schenkte ihm ein Lächeln. »Ist doch selbstverständlich.«

Ein kollektiver Seufzer ging durch die Gruppe am Frühstückstisch. Als Gus eine Tasche unter dem Tisch hervorholte und begann, verschiedene Papierstücke herauszuziehen, verringerte sich der Knoten der Spannung in Lisandros Kehle.

»Da wir nicht wissen, wer sonst noch an dieser Entführung beteiligt ist, halte ich es für zu riskant, meine Jacht auf die Themse zu bringen. Es kann durchaus Menschen in London geben, gefährliche Menschen, die auf der Suche nach Anzeichen dafür sind, dass Maria aus England weggebracht wird. Meine Empfehlung ist, dass das Boot stattdessen von seinem üblichen Hafen in Portsmouth aus segelt«, sagte Gus.

Nicht zum ersten Mal in seinem Leben sprach Lisandro ein stilles Dankgebet aus, dass sein Schmugglerfreund eine private Jacht besaß. Kleinere Boote waren praktisch, vor allem, wenn man sich nicht mit den Behörden oder der lästigen Frage der Einfuhrzölle auseinandersetzen wollte.

»Einverstanden. Wenn wir von Portsmouth nach Bilbao segeln und dann über Land fahren, denke ich, dass wir die besten Chancen haben, so lange wie möglich unentdeckt zu bleiben«, sagte Lisandro.

Maria drehte langsam den Kopf und traf seinen Blick. Angesichts der Anspannung in ihrem Kiefer und ihren Lippen schien sie sich nicht mehr so sicher zu sein wie noch vor einem Augenblick. »Glauben Sie wirklich, dass es andere gibt, die riskieren würden, mich noch einmal zu entführen?«

Der Moment war gekommen, Maria ein wenig mehr von dem zu erzählen, was geschehen war, als sie in den Händen ihrer Entführer gewesen war. Lisandro wollte sie nicht erschrecken, aber sie musste wissen, was sie auf dem langen und gefährlichen Weg nach Hause erwartete.

»Es gab Männer, die an Ihrer Gefangennahme in Spanien beteiligt waren, und sie sind weiterhin auf freiem Fuß«, sagte er.

»Ich habe mehrere von ihnen in Zarautz getroffen, weshalb wir nicht riskieren werden, in diesen Hafen zu segeln. Auch die Frage des Lösegeldes ist noch nicht geklärt.«

»Also hat mein Vater es nie bezahlt? Ich war mir nicht sicher, ob der maskierte Mann die Wahrheit sagte, als er das Geld erwähnte. In meinen wenigen Augenblicken der Klarheit hatte ich mich gefragt, ob dies eine Vergeltung für etwas war, das mein Vater getan hatte, anstatt nur eine einfache Entführung.«

Stephen beugte sich vor, die Hände gefaltet, und runzelte die Stirn. »Was meinen Sie damit?«

Lisandro hielt eine Hand hoch. »Warte, lass uns beim Thema der Diskussion bleiben. Maria, Ihre Familie hat ein bedeutendes Lösegeld übergeben, aber anstatt dass Sie an sie zurückgegeben wurden, wurde eine zweite Geldforderung gestellt. Die Entführer wollten noch zweihundertfünfzigtausend Pesos.«

»*Increíble! Demente*!«, rief sie.

Er konnte nicht widersprechen. Es war eine riesige Geldsumme. Etwas jenseits der Mittel der meisten Adelsfamilien, wenn auch vielleicht nicht des Elizondo-Clans.

»Jetzt verstehen Sie, warum Diego zu mir kam. Seine Sorge ist natürlich, selbst wenn Ihre Familie das zweite Lösegeld zahlte, es keine Garantie für Ihre Freilassung gab. Und das war, bevor einer von uns wusste, dass Sie nach England gebracht worden waren«, sagte er.

Maria sprang auf die Füße. »Meine Familie weiß nicht, dass ich hier bin?«

Lisandro erhob sich und trat zu ihr. »Ich schickte eine Nachricht an Ihren Bruder, kurz bevor ich segelte. Ich vertraue darauf, dass er Ihren Eltern von Ihrem Aufenthaltsort erzählt hat.«

»Aber nicht über Ihre Beteiligung oder warum er Sie beteiligt hat.«

»Wahrscheinlich nein. Als Diego zur Burg Tolosa kam, war es ohne das Wissen Ihres Vaters.«

»Wegen unserer Fehde?«, fragte Maria, aber ihr Ton war schwer von Misstrauen. »Oder gab es einen anderen Grund?«

Du bist clever, Maria. Und ich schätze intelligente Frauen.

»Ihr Vater scheint sich Sorgen zu machen, wem er auf Schloss Villabona vertrauen könnte.«

Ein Ausdruck des Schocks erschien auf Marias Gesicht, aber er musste ihr zugutehalten, dass sie nichts dazu sagte.

Ich verspreche, dass wir mit der Zeit herausfinden werden, wer die Verräter im Haus deines Vaters sind.

Diese Tat wird nicht ungestraft bleiben.

Kapitel Vierzehn

Die Zeit war von größter Wichtigkeit. Maria zurück nach Spanien zu bringen, besaß für alle oberste Priorität.

Mehr als alles andere wollte sie nach Hause und zu ihrer Familie zurückkehren. Um sie wissen zu lassen, dass sie lebte und in Sicherheit war.

Zwei Tage nach ihrer Rettung half Lisandro Maria in eine kleine Reisekutsche und stieg hinter ihr an Bord. Stephen und Gus fuhren auf dem Dach des Wagens beim Kutscher mit. Als werdender Vater blieb Lord Harry mit Toby in London zurück. Der Junge hatte dagegen protestiert, im vor ihnen liegenden nächsten aufregenden Teil des Rettungsabenteuers außen vor gelassen zu werden, aber Stephen war fest entschlossen, ihn keiner weiteren Gefahr auszusetzen.

Maria, eingewickelt in einen Wollmantel von Gus, zog eine Decke über ihre Beine und verkroch sich in die Ecke der Kutsche. »Wie lange wird es dauern, bis wir Portsmouth erreichen?«, fragte sie.

»Es sind gut achtzig Meilen, also ein Tag oder so, wenn wir gut vorankommen«, antwortete er. »Stephens Anwesen liegt auf dem Weg, und wir können dort übernachten. Seien Sie versichert, alles, was arrangiert werden kann, um Ihre Sicherheit zu gewährleisten, wird arrangiert werden. Wer Stephens oder Gus' Zielfertigkeit mit einem Gewehr infrage stellen will, wird einen kräftigen Schock erleiden.«

Er zog zwei Pistolen aus seinem Mantel und steckte jeweils eine in die Türtaschen auf beiden Seiten des Wagens. Ihr Blick fiel auf das Gewehr, das sich bereits unter der Bank befand, auf der er saß.

Nach der Art und Weise, wie er und die anderen Messer und kleine Pistolen herumgereicht hatten, kurz bevor sie die Büros der RR Coaching Company verließen, wäre sie nicht überrascht, wenn Lisandro mindestens weitere drei oder vier Waffen unter seiner Kleidung versteckt hätte. Es war tröstlich zu wissen, dass jeder Feind, der versuchen könnte, sie anzugreifen, mit ungezügelter Kraft begrüßt werden würde.

Als die Kutsche hinter der Gracechurch Street vom Hof fuhr, beugte sich Maria zum Fenster und winkte Toby und Harry zum Abschied zu. Sie würde für immer in der Schuld dieser Menschen stehen – Fremde, die ihr Leben riskiert hatten, um sie zu retten, Menschen, die sie jetzt als Freunde betrachtete.

»Ich werde Toby trotzdem ein Geschenk schicken, sobald ich nach Hause komme. Nicht als Bezahlung, sondern als Zeichen meiner Wertschätzung. Sir Stephen möchte, dass er ein Gentleman ist, also denke ich, dass ein Cuenca-Teppich das perfekte Geschenk für ihn wäre«, sagte sie.

Lisandro hob eine Augenbraue. »Das ist ein fürstliches Geschenk.«

Sie arrangierte ihre Röcke und winkte Toby ein letztes Mal zu. »Nun, wenn man bedenkt, dass er derjenige war, der mich zuerst sah, wie ich das Essen aus dem Fenster warf, und dann beobachtete, was es dem Hund angetan hat, denke ich, dass es nur richtig ist.«

Lisandro lachte leise.

Maria freute sich, dass der Junge und der Hund aus diesem kleinen Abenteuer gut herausgekommen waren. Toby mit einem feinen Wollteppich; die Bulldogge mit einem neuen Zuhause.

»Ich muss zugeben, dass der Name, den er dem Hund gab, ein wenig seltsam ist. Snick. Was genau bedeutet das Wort?«, fragte sie.

»Es ist ein altes niederländisches Wort und bedeutet ›zu schneiden‹. Die Bulldogge soll ein Kampfhund sein, also denke ich, dass Toby dabei in diese Richtung gedacht hat«, antwortete Lisandro. »Obwohl, fast ganz ohne Zähne und mit nur drei Beinen denke ich, dass Snicks Kampftage lange vorbei sind.«

Es schien, dass sich der Hund schnell in die Familie der RR Coaching Company eingewöhnte und bereits in großer Gefahr war, mollig zu werden. Jedes Mal, wenn Maria das Tier sah, steckte ihm jemand gerade einen Leckerbissen zu.

»Apropos Bezahlungen, wollen Sie mir sagen, was Diego Ihnen für diese Rettungsmission bezahlt? Ich nehme nicht an, dass Sie es allein aus Herzensgüte tun.« Sie hatte gelernt, Lisandro bis zu einem gewissen Grad zu vertrauen, aber angesichts der Geschichte zwischen ihren Familien war Maria sicher, dass er eine Art Belohnung für seine Bemühungen erhalten würde. Warum sollte er sonst sein Leben riskieren, indem er den ganzen Weg nach England kam, um sie zu retten?

Finster blickte er sie an.

Habe ich ihn gerade beleidigt? Nein. Das ist nicht möglich.

Jeder kannte den Herzog von Tolosa, und seine Vorfahren hatten nie etwas getan, es sei denn, es diente ihren eigenen Interessen. Sie hatten sich nie um Verträge gekümmert, wie ihre eigene ehrenhafte Familie es tat.

»Genaugenommen habe ich Diego gesagt, dass ich keine finanzielle Belohnung dafür will, dass ich Sie nach Hause hole. Ich wollte einfach nur die Erlaubnis erhalten, dass wir einige Zeit zusammen verbringen dürfen. Um vielleicht Freunde zu werden. In jener Nacht auf der Terrasse gab es zwischen uns eine Verbindung, und ich möchte, mit Ihrer Erlaubnis, in der Lage sein, diese Beziehung weiterzuführen.«

Und Diego hat Ja gesagt?

Sie drehte sich um, blickte aus dem Fenster und starrte fest auf die vorbeiziehenden Straßen Londons. Lisandro wollte sie besser kennenlernen, doch das war unmöglich. Abgesehen von der andauernden Fehde sollte sie mit dem Grafen von Bera verlobt werden. Was hätte Diego dazu veranlassen können, einer solchen Sache zuzustimmen?

Verzweiflung oder vielleicht etwas anderes? Was entgeht mir hier?

In jener Nacht auf dem Ball in Zarautz hatte Lisandro sie berührt. So nah bei ihm zu sitzen, rührte diese mächtigen Erinnerungen noch einmal auf. Obwohl sie sich etwas anderes wünschen mochte, erhitzte sich ihr Blut, wann immer sie in seiner Nähe war.

Aber er ist der Feind meiner Familie.

Sie wiederholte dieses Mantra immerzu in ihrem Kopf, aber es blieb nicht mehr so fest hängen wie sonst. Es war schwierig, den Mann, den zu hassen man ihr beigebracht hatte, plötzlich als ehrenvollen Menschen und nicht als Schurken zu sehen. Es stellte für sie zu viele Dinge infrage. Es war auf mehr als eine Weise unangenehm.

»Abgesehen von Ihren seltsamen Vorstellungen, dass Sie und ich Freunde werden könnten, verstehe ich immer noch nicht, warum Sie überhaupt Ihre Hilfe angeboten haben. Ich hätte geglaubt, meine Familie leiden zu lassen, wäre genau das, was Sie wollen würden.« Maria packte den Stoff in den Taschen ihres Mantels und verdrehte ihn in ihren Fingern.

Lisandro schwieg. Die Luft hing schwer und dick zwischen ihnen.

Bitte sagen Sie etwas.

»Ich glaube nicht, dass die Vorstellung, dass wir freundlich zueinander sein können, seltsam ist, Maria. Ich denke, es klingt ziemlich gut. Ich möchte Sie fragen: Wissen Sie, wie die Fehde zwischen unseren Familien begann?«

Sie schnaubte. Natürlich wusste sie es. Der schmutzige, diebische achte Herzog von Tolosa hatte ihre Familie bestohlen. Jeder in ihrem Teil Spaniens kannte die Geschichte. »Vor hundert Jahren hat Ihre Familie ein großes Verbrechen gegen meine begangen. Seitdem sind wir Erzfeinde.«

Einfacher ließ sich das nicht ausdrücken, ohne es zu persönlich zu machen. Lisandros Vorfahren hatten angefangen – nicht er. Aber die Blutlinie war immer noch befleckt.

Zu ihrer Überraschung nickte Lisandro. »Ja, meine Vorfahren haben unrecht getan. Aber so, wie das klingt, glaube ich, dass Ihnen eine andere Version der Geschichte erzählt wurde als die, die ich kenne. Also, lassen Sie uns einen Deal machen, Maria. Wenn wir es in einem Stück zurück nach Spanien schaffen, werde ich Ihnen die ganze Geschichte der Fehde erzählen. Und wenn Sie sich das alles angehört haben, können Sie Ihren Vater fragen, ob das, was ich gesagt habe, wahr ist.«

Sie mochte nicht, wie er über den Streit zwischen ihren Familien sprach. Er schien es viel zu sehr auf die leichte Schulter zu nehmen.

Wenn Sie eine Ahnung hätten, wie oft wir auf die Zerstörung der Herzöge von Tolosa angestoßen haben, würden Sie es nicht so amüsant finden.

»Maria, ich möchte Sie einfach zu Ihrer Familie zurückbringen. Nur ein Mann aus Stein hätte Diego zurückweisen können, als er nach Castle Tolosa kam und um meine Hilfe bat. Meine Belohnung wäre Ihre Freundschaft. Ob Ihr Vater Ihnen und mir erlauben wird, Zeit miteinander zu verbringen, nun, er kann das meiner Meinung nach nicht ablehnen. Seine Ehre und die Ihres Bruders hängen davon ab.«

Sie blickte erneut aus dem Fenster und beobachtete die Aussicht, die sich von überfüllten und schmutzigen Straßen zu offenen Feldern änderte. Maria kämpfte mit einer neuen und unerwarteten Realität. Sie entdeckte plötzlich, dass Lisandro nicht nur tapfer war, sondern auch ein Mann mit einem guten Herzen.

Ihren Feind als einen Freund zu sehen, widersprach allem, was ihr beigebracht worden war. Aber wenn es, wie er angedeutet hatte, eine andere Seite der Fehde gab, schuldete sie es sich selbst, herauszufinden, wie diese aussah.

Es wäre nicht das erste Mal, dass eine Geschichte Beine bekommen hatte und damit zu einer verdrehten Version von sich selbst wurde, als sie zur Legende wurde.

Vielleicht könnten Lisandro und sie einen Weg finden, Freunde zu werden.

Sie sah ihn noch einmal an. Das Interesse, das er bei ihrem ersten Treffen in ihr geweckt hatte, flammte abermals auf, und sie versuchte nicht, dem zu widerstehen. Sie wollte nicht dagegen ankämpfen.

Vielleicht könnten sie mehr werden.

Kapitel Fünfzehn

Am Ende eines langen Tages auf der Straße, nach dem sie mehrfach die Pferde gewechselt hatten, zog die Kutsche in den Eingang eines Landgutes. Das Herrenhaus stand zurückgesetzt von der Straße von London nach Portsmouth. Es wäre schwierig für etwaige Angreifer, sich im Verborgenen zu halten, wenn sie versuchen sollten, sich dem Haus ungesehen zu nähern.

Als Maria aus der Kutsche stieg, streckte sie Rücken und Schultern. Jeder Muskel war verspannt. »Hoffentlich kann ich heute Nacht schlafen.«

Lisandro begegnete ihrem Blick. »Haben Sie letzte Nacht nicht gut geschlafen?«

Maria schüttelte den Kopf. Die Drogen hatten ihre Arbeit getan, während sie gefangen gehalten worden war. Ihr Körper würde Zeit brauchen, um sich wieder auf das Schlafen ohne sie einzustellen.

»Nicht wirklich gut. Ich bin erschöpft. Ich erwarte nicht, dass ich eine solide Nachtruhe bekomme, bis ich sicher zu Hause in Spanien bin.«

Sie konnte auch insgeheim vor sich selbst zugeben, dass sie ihren Rettern immer noch nicht voll vertraute. Das Medaillon von Diego hatte zwar gut geholfen, um ihre Ängste auszuräumen, aber bis sie tatsächlich ihren Bruder fragen konnte, was zwischen ihm und Lisandro besprochen worden war, blieb sie auf der Hut.

Er spricht von Freundschaft, aber ich habe das Gefühl, dass er und Diego mehr vereinbart haben.

Ständig auf der Hut zu sein, hat ihre Nerven strapaziert. Sie sehnte sich danach, einen langen, erholsamen Schlaf im Schatten einer der riesigen Eichen im Haus ihrer Familie in Villabona zu genießen. Um aufzuwachen, wenn ihr Dienstmädchen ihr ein erfrischendes Glas Sangria brachte.

Ich möchte nur wieder in Spanien sein.

Stephen und Gus kletterten vom Dach der Kutsche nach unten. Während Gus die Pferde zu den hinteren Ställen führte, ging Stephen zur Haustür.

Er stöberte in seiner Jackentasche nach einem Schlüssel, ehe er sich an die anderen wandte. »Ich fürchte, das wird kein fröhlicher Kaminabend mit einem leckeren warmen Mahl. Ich beschäftige nur einen Mann, der einmal in der Woche aus dem Dorf kommt, um nach dem Rechten zu sehen. Ansonsten ist das Haus meist leer.«

Marias Herz sank. Sie hatte sich auf ein warmes Essen gefreut. Aber so müssten sie eben ohne das auskommen. Dies war nur ein kurzer Halt auf der Straße nach Portsmouth. Auf dem Weg nach Hause.

»Wenn ihr reingehen wollt und vielleicht ein Feuer entfacht, kann ich nach Witley reiten und sehen, welche Lebensmittel und Vorräte ich für uns aufbringen kann. Hoffentlich hat die Frau meines Verwalters heute etwas gebacken«, sagte Stephen.

»Gute Idee«, entgegnete Lisandro.

Stephen verschwand an der Seite des kleinen Herrenhauses und ließ Maria und Lisandro allein an der Haustür zurück.

Sie tauschten ein schüchternes Lächeln aus. Maria zog Trost daraus. In Anbetracht dessen, dass er seltsame Emotionen in ihr aufrührte, war es schön zu wissen, dass sich Lisandro ebenfalls etwas unwohl fühlte, wenn sie allein waren. Sie sollte diesem

Mann misstrauen und ihn nicht mögen; stattdessen stellte sie fest, dass sie sich heimlich danach sehnte, bei ihm zu sein.

Ich frage mich, ob er auch diese seltsame Spannung zwischen uns spürt. Dieses magnetische Ziehen.

Als er ihr die Hand reichte, zögerte Maria. Sie hatten den größten Teil des Tages schweigend in der Kutsche verbracht. Lisandro hatte die meiste Zeit geschlafen, während sie die grüne englische Landschaft beobachtet hatte, die an ihnen vorbeizog.

Er stieß ein offensichtlich frustriertes Schnaufen aus. »Da Sie und ich in den nächsten Wochen viel Zeit miteinander verbringen werden, schlage ich vor, dass Sie Ihre Wachsamkeit ablegen.«

Maria zuckte zusammen und spürte, dass sie errötete. »Es tut mir leid. Ich muss so undankbar für alles erscheinen, was Sie für mich getan haben. Ich kann nur nicht ...«

Sie kämpfte gegen plötzliche Tränen, während sie Lisandros angebotene Hand anstarrte. Ihr vernünftiges Selbst war ständig darum bemüht, sie daran zu erinnern, dass sie ihm misstrauen sollte.

Als sie ihre Hand in seine legte, tröstete sich Maria mit dem Gedanken, dass, wenn Lisandro sie tatsächlich sicher nach Hause zurückbringen würde, alles zwischen ihnen zu nichts führen würde. Dass die Gefühle, die er in ihr weckte, keine Rolle spielten. Ihre Leben waren zu verschieden. Sie sollte die Frau von Juan Delgado Grandes werden.

Aber Veränderungen der Umstände könnten dazu führen, dass sich dein Leben auf eine Weise ändert, die du nicht erwartet hast.

Sie tat ihr Bestes, um ihr Herz zu ignorieren, als es leise flüsterte.

Geh das Risiko ein.

Manchmal war der Umgang mit Maria wie der Versuch, mit einem nervösen Pferd umzugehen. Gerade wenn er glaubte, sie würde anfangen, sich in seiner Gesellschaft zu entspannen, zog sie sich zurück. Sie traute ihm immer noch nicht, und das störte Lisandro mehr, als es sollte.

Man müsste ja denken, ich sei ein Monster.

Er führte sie ins Haus. Die Zimmer im Erdgeschoss waren entweder leer oder hatten ein paar Möbelstücke, die mit schweren holländischen Tüchern bedeckt waren. Es war klar, dass niemand im Haus wohnte.

»Mal sehen, was wir oben finden können«, sagte Lisandro.

Sie wanderten im ersten Stock für kurze Zeit im verblassenden Abendlicht umher und suchten nach Kerzen und Streichhölzern. In einem kleinen Wohnzimmer stießen sie auf einen Kamin, in dem sogar schon ein Feuer vorbereitet war und nur noch angezündet werden musste.

»*Gracias a Dios*«, seufzte Lisandro erleichtert.

Er fand eine Zunderbox, und bald hatte die Wärme eines Feuers dem Raum die schlimmste Kälte genommen.

Gus steckte kurze Zeit später den Kopf durch die Tür. »Ausgezeichnet. Genau das, was wir brauchen. Ich habe hier ein paar Mal auf dem Weg zur und von der Küste haltgemacht und bereite immer das Kaminfeuer vor, falls ich das nächste Mal spät in der Nacht ankomme. Es gibt auch einige Betten in den Zimmern weiter entlang des Korridors, die gerichtet sind.«

Die Vorstellung eines bequemen Bettes war voller Versprechen, aber Lisandro konnte sich noch nicht entspannen. Er musste heute Nacht wachen.

Gott sei Dank habe ich heute Nachmittag ein paar Stunden in der Kutsche geschlafen.

Gus setzte sich auf einen Stuhl in der Nähe des Feuers und grinste Maria fröhlich an. »Hoffentlich ist dies Ihre letzte Nacht in England, Doña Maria. Wenn wir früh genug am Morgen abreisen, sollten wir es rechtzeitig nach Portsmouth schaffen, damit Sie auf der spätabendlichen Flut segeln können.«

»Danke. Ich freue mich darauf, nach Hause zu kommen«, sagte sie.

Kurze Zeit später schloss sich Stephen ihnen an. Ihm folgte ein Gentleman mittleren Alters, der einen großen Korb trug. Lisandros Magen knurrte bei dem berauschenden Aroma von heißem Kuchen, das plötzlich den Raum füllte.

Und einen Krug Apfelwein und etwas frisches Brot. Und Käse. Magnífico.

»Das ist Mister Granville. Er kümmert sich für mich um das Haus«, erklärte Stephen.

Gus begrüßte den Besucher mit offenen Armen. »Und Sie haben die berühmten Rindfleischpasteten Ihrer Frau mitgebracht! Granville, Sie sind ein Geschenk Gottes.«

Nachdem Granville die Vorräte auf einem niedrigen Tisch aufgebaut hatte, reichte er Gus ein kleines Glas, das mit einer blassen Flüssigkeit gefüllt war. »Seien Sie ehrlich«, sagte er.

Alle Augen waren auf den Austausch gerichtet. Stephen lachte leise. »Und los geht's.«

Gus nahm das Glas, hielt die Nase daran und holte tief Luft. »Hm. Gute Struktur. Nicht zu sauer. Ich merke einen Hauch von etwas Neuem. Haben Sie eine oder zwei Kirschen hinzugefügt?«

Granville grinste. »Pflaumen.«

Der Meisterschmuggler hob das Glas an seine Lippen und nahm einen Schluck. »Oh! Das ist gut. Sie werden immer besser darin.«

Er bot das Glas Stephen an, der abwehrend die Hände hob. »Auf gar keinen Fall. Das letzte Mal, als ich einen von Granvilles hausgemachten Brandys probierte, verbrachte ich einen halben Tag damit, auf dem Boden herumzuliegen.«

Bei Granvilles entrüstetem Schnauben mussten alle lachen. Lisandro konnte Stephens Haltung verstehen; ein Mann musste vorsichtig sein, wenn es um Moonshine-Likör ging. Das Zeug könnte tödlich sein.

Maria erhob sich aus ihrem Sessel beim Feuer, und Granville trat einen kurzen Schritt zurück. Er hatte ihre Anwesenheit bis jetzt offenbar nicht einmal bemerkt. Er verneigte sich respektvoll.

Zu Lisandros Überraschung erwiderte Maria nicht nur den Gruß, sondern streckte ihre Hand aus und nahm das Glas von Gus. »*Muchas gracias.*«

Mehr als ein Paar Augen weiteten sich, als sie das Glas an ihre Lippen hob und einen herzhaften Schluck Brandy trank. Sie schluckte, dann nickte sie. »Das ist gut. Die Pflaumen könnten etwas mehr ausgedrückt werden, aber ich denke, Sie haben hier das Zeug zu einem ausgezeichneten Getränk.«

Sie schüttete noch etwas von dem Brandy hinunter, bevor sie Lisandro das Glas hinhielt.

Por favor, no.

Als er zögerte, trat sie näher. Ein verschmitztes Lächeln spielte um ihre Lippen. »Kommen Sie schon, Don de Aguirre. Sie wollen doch unser Land nicht beschämen, indem Sie die englische Gastfreundschaft nicht akzeptieren, oder?«

Er nahm das Glas und hob es an seinen Mund, nahm den kleinstmöglichen Schluck, der keine Beleidigung wäre. Als Maria missbilligend eine Augenbraue hob, war er versucht, noch einmal zu nippen. Doch die Pflicht und die Notwendigkeit, nüchtern zu bleiben, hielten ihn auf.

Granville nahm das Glas und kippte sich den letzten Inhalt in die Kehle. Nach einem kurzen Gespräch mit Stephen im Flur verließ er das Haus.

»Kommt, lasst uns essen«, verkündete Stephen. »Granville wird uns bei Tagesanbruch frisches Brot und Käse bringen, sodass wir Verpflegung für die Reise nach Portsmouth haben werden.« Er neigte den Kopf in Marias Richtung. »Mein einziges Bedauern über dieses ganze Abenteuer ist, dass Sie und ich nicht mehr Zeit miteinander verbringen konnten, Doña Maria. Ich habe das Gefühl, Sie würden für einige amüsante Abende sorgen.«

Lisandro knirschte mit den Zähnen. Stephen war viel zu freigebig mit seinem Lächeln und freundlichem Wesen, als ein Mann sein sollte, wenn es um eine Frau wie Maria de Elizondo ging. Die Frau, mit deren Rettung *er* beauftragt worden war.

Er mochte es, dass sich seine Freunde mit Maria wohlfühlten. Es machte die Sache so viel einfacher. Was ihm aber so gar nicht gefallen wollte, war, dass sie sie als etwas anderes sahen als die Frau, bei deren Rettung sie geholfen hatten. Eine Frau, die allein er selbst sicher von England nach Spanien bringen sollte.

Maria könnte Stephen und die anderen mögen, aber bitte nur aus der Ferne. Er begegnete dem Blick seines Freundes. Der Blick, den er Stephen zuwarf, war klar und ursprünglich in seiner Botschaft.

Denk nicht mal daran! Ich beabsichtige, dafür zu sorgen, dass sie mir gehört.

Kapitel Sechzehn

Das warme Abendessen war genau das, was Maria brauchte. Ihr Bauch war wunderbar voll, und der Schlaf winkte. Sie gähnte so leise, wie sie konnte, aber Lisandro bemerkte es trotzdem. Er erhob sich von seinem Stuhl.

»Gentleman, ich denke, es ist an der Zeit ... wie sagt man im Englischen? Die Nacht ausklingen zu lassen«, sagte er.

Stephen und Gus nickten beide müde. Morgen würden sie wieder zeitig unterwegs sein, um dann spätabends mit dem Schiff abzulegen. Die Stunden dazwischen würden in ständiger Wachsamkeit vor Gefahren auf der Straße verbracht werden.

»Gus, du kannst dein übliches Zimmer nehmen. Lisandro, möchtest du Maria das Hauptschlafzimmer zeigen?«, fragte Stephen.

»Ich kann das unmöglich von Ihnen verlangen, Sir Stephen«, sagte Maria. Nach allem, was für sie getan worden war, war das Letzte, was sie tun wollte, ihren Gastgeber aus seinem eigenen Bett zu werfen. Solange niemand sie betäubte, machte es ihr nichts aus, wo sie schlief.

»Ich werde nicht im Haus schlafen. Jemand muss bei den Pferden bleiben. Wir glauben, wir haben London unentdeckt verlassen, aber man kann sich nie sicher sein. Ein einsames Haus auf dem Land könnte für einige perfekt geeignet erscheinen, um einen Angriff zu inszenieren«, sagte Stephen. Er griff in seine Jackentasche und zog ein doppelläufiges Steinschloss heraus. Lisandro und Gus taten dasselbe, bevor sie ihre Waffen wieder in ihre Holster steckten.

Stephen nickte Lisandro zu. »Es gibt ein Schwert unter dem Bett im Hauptraum und zwei weitere geladene Pistolen in der oberen Schublade der großen Kommode. Schmuggel ist ein gefährliches Geschäft, und mehr als einer unserer Konkurrenten würde nicht zögern, uns von unseren wertvollen importierten Waren zu befreien, wenn sie von Portsmouth nach London gebracht werden. Wir gehen kein Risiko ein.«

Der Anblick von Pistolen, die überprüft wurden, dämpfte Marias zufriedene Stimmung. Für eine kurze Zeit hatte sie sich vorgestellt, dass die Gefahr vorüber wäre. Im Stillen tadelte sie sich selbst.

Nur eine törichte Niña würde denken, dass sie in Sicherheit ist, selbst mit diesen Männern.

Verlegen senkte sie ihren Blick zu Boden. Zweifellos, je eher die Engländer von ihrem belastenden Gast befreit wurden, desto glücklicher würden sie sein.

Das wird dich einzig und allein den Händen von Lisandro überlassen. Allein mit ihm. Auf See. Tagelang.

»Kommen Sie, Maria. Bringen wir Sie ins Bett«, sagte Lisandro. Sie wusste, es war lediglich eine faktische Anweisung, aber als er in einem Satz sowohl ihren Namen als auch das Bett erwähnte, musste sich Maria auf die Unterlippe beißen.

»Ich werde euch alle wecken, wenn Granville mit unserem Frühstück ankommt«, sagte Stephen.

Lisandro und Maria wünschten dem Rest der Gruppe eine gute Nacht und gingen in den Flur. Mit der Kerze in der Hand führte Lisandro sie zum Ende des Korridors und durch eine kunstvoll geschnitzte Tür. Sie trat in das Hauptschlafzimmer, und er schloss die Tür hinter ihnen und verriegelte sie.

Marias Blick ging vom Schlüssel zu Lisandro. *Warum sperrt er sich mit mir ein?*

»Ich weiß, dass dies weit über die Grenzen akzeptabler Vereinbarungen zwischen zwei unverheirateten Menschen hinausgeht, insbesondere in unserem Land, aber es muss getan werden. Sie nehmen das Bett, und ich werde mich auf der Couch ausruhen.« Er deutete auf ein langes Sofa, auf dem eine Decke und ein Kissen lagen.

Sie nickte. Es hatte keinen Sinn, mit ihm darüber zu streiten. Wenn Sir Stephen Moore die Nacht im Stall verbringen wollte, um ihren Schutz zu gewährleisten, hatte sie kein Recht, sich über ein bequemes Bett oder den Mann mit der Pistole zu beschweren, der ihr Zimmer teilte.

Sie mochte es außerdem, Lisandro so nahe zu sein. Die Art und Weise, wie ihr Herz ein wenig schneller schlug, wenn er in der Nähe war, war zu einer angenehmen und sehr willkommenen Empfindung geworden.

Er ging zum Fenster und blickte nach draußen. Nach einer kurzen Überprüfung der Schlösser schloss Lisandro die Vorhänge. Für jemanden, der eigentlich nur ein Bauer sein sollte, schien er mit Sicherheitsmaßnahmen ziemlich vertraut zu sein.

Maria sehnte sich danach, mehr über diesen faszinierenden Mann zu erfahren. »Lisandro. Was haben Sie in den letzten Tagen des Krieges gegen die Franzosen getan? Haben Sie in Waterloo mit den Engländern gekämpft? Ich weiß, dass es einige Spanier getan haben.«

Er kratzte sich an der Stirn und seufzte. »Es steht mir nicht frei, Ihnen diese Dinge zu sagen. Nicht, weil ich Ihnen nicht traue. Aber die politische Situation in Spanien hat sich seit dem Krieg und mit der Rückkehr von König Ferdinand auf den Thron ein wenig verändert. Wenn ich Ihnen erzähle, was ich in diesen Jahren getan habe, könnte es uns beide in Gefahr bringen.«

Seine Worte machen sie nervös. »Sie meinen, in noch größere Gefahr. Ich dachte, unser Leben wäre bereits in Gefahr.«

Lisandro ging zur Kommode und öffnete die oberste Schublade. Er holte zwei Pistolen heraus und legte eine auf die Kommode. Der andere lag noch in seiner Hand, als er zu Marias Seite zurückkehrte.

»Ja, eine weitere Gefahr.« Einen Moment schwieg er, und Maria starrte in seine tiefbraunen Augen, ehe er langsam blinzelte. »Wie denken Sie über folgende Vereinbarung? Wenn wir auf dem Boot sind, sollten Sie und ich die wahre Situation in unserem Land besprechen. Eine Sache, die ich Ihnen sagen kann, ist, dass Ihr Vater ebenso wenig nur ein Bauer ist wie ich. Beide sind wir politische Geschöpfe.«

»Aber Sie sind viel mehr als das, Lisandro«, entgegnete sie. »Ich möchte mit Ihnen zusammen sein und herausfinden, wer Sie wirklich sind.«

Ein Blick der Begierde flog über sein Gesicht. »Und glauben Sie mir, wenn ich sage, dass ich gerne alles über Sie erfahren würde, Maria. Aber zuerst müssen wir es aus England heraus schaffen.«

Er streckte die Hand aus und streichelte über ihre Wange. Bei seiner zarten Berührung lief ein Schauder über Marias Wirbelsäule.

Das ist nicht richtig. Ich sollte nichts für diesen Mann fühlen.

Je länger seine Finger auf ihrer schnell warm werdenden Haut verweilten, desto verwirrter wurde ihr Verstand. Ihr Selbstgefühl nahm rapide ab.

Es war sehr anstrengend, aber Maria fand schließlich die Kraft, sich zurückzuziehen.

Papá.

Maria hatte immer gewusst, dass er in lokale Angelegenheiten von Bedeutung involviert war; es war Teil seiner Rolle als Herzog von Villabona. Die Vorstellung, dass er auf irgendeine Art ein Spieler auf einer größeren Bühne war, überraschte sie. Es bereitete ihr auch Sorgen. Was, wenn seine Aktivitäten der Grund für ihre Entführung waren?

»Was meinten Sie, als Sie sagten, dass mein Vater ein politisches Wesen ist?«, fragte sie.

Ein wachsamer Ausdruck erschien auf seinem Gesicht. »Ihr Vater hat ebenso wie ich an der Rückkehr des Königs nach Spanien mitgewirkt. Aber Diego hat mir erzählt, dass Ihr Vater jetzt aus königlicher Gnade gefallen ist. Vielleicht bereut Antonio, dem König geholfen zu haben. Er wäre nicht allein in diesem Denken, wenn er es täte.«

Ein Mann, der seine Loyalität zum König infrage stellte, konnte schnell feststellen, sich mächtige Feinde gemacht zu haben. Menschen, die versuchen würden, ihm und seiner Familie Schaden zuzufügen.

»Glauben Sie, der König könnte bei meiner Entführung geholfen haben?«, fragte sie.

»Wir können es nicht ganz außer Acht lassen. Andere könnten versuchen, die Gunst Seiner Majestät zu gewinnen, indem sie mögliche Feinde angreifen. König Ferdinand hat viele Unterstützer in England. Und da Sie hierher gebracht worden sind, könnte die Schuld nicht leicht zu seiner Spur zurückverfolgt werden, wenn Ihnen etwas Schlimmes passiert wäre.«

»Oh. Damit meinen Sie, man hätte mich nie gefunden.«

Lisandro wanderte zum Sofa und entfaltete die Decke. Nachdem er die Pistole noch einmal überprüft hatte, legte er sie auf den Boden. Dann holte er die andere Pistole aus seinem Mantel und legte sie daneben. Beide Waffen waren in Reichweite. Er zog seinen Mantel aus, ließ aber den Rest seiner Kleidung, einschließlich seiner Stiefel, an.

Bereit für jeden möglichen Angriff.

»Versuchen Sie, etwas zu schlafen. Morgen haben wir einen langen Tag vor uns«, sagte er und legte den Kopf auf das Kissen.

Maria lag auf dem Bett und grübelte lange über Lisandros Worte zu einem möglichen Motiv für ihre Entführung nach. Obwohl sie sich wünschte, es wäre unmöglich, je länger sie jedoch darüber nachdachte, desto mehr Sinn ergab es. Genug Sinn, dass ihr bis ins Mark kalt wurde.

Sie erhob sich auf einem Ellbogen, und ihre Blicke trafen sich. Dieser Mann hatte viel riskiert, um sie zu retten.

»Danke, Lisandro. Ohne Sie wäre ich heute Abend nicht hier. Ich könnte sogar tot sein.«

~

Lisandro wartete, bis Maria eingeschlafen war und leise schnarchte, bevor er den Raum verließ und auf den Balkon ging. Er schloss die Tür vorsichtig hinter sich. Das einzige Licht, abgesehen von einem Halbmond, war der goldene Glanz von Gus' Zigarre. Als Lisandro in die Nachtluft trat, wurde er mit dem Klicken einer Pistole begrüßt, dann einem Seufzen.

»Besser nicht auf dich schießen«, murmelte Gus, als er seine Waffe sicherte.

»Meine zukünftigen Kinder danken dir«, antwortete Lisandro. Er stellte sich neben seinen Freund, ihre Rücken zur Wand, während ihre Blicke die Dunkelheit durchsuchten. »Glaubst du, dass wir aus London verfolgt wurden?«

Gus schüttelte den Kopf. »Ich habe darauf geachtet, alle paar Meilen hinter uns zu sehen. Wenn ich ein Entführer wäre, der uns überholen wollte, hätte ich es näher an der Stadt getan, wo ich mehr Männer hätte dazuholen können. Um ehrlich zu sein, ich denke, die wirkliche Gefahr liegt jetzt vor euch beiden.«

In Spanien. Wo Maria und ich auf uns allein gestellt sind, bis ich sie zur Burg Tolosa bringen kann.

Er konnte nur hoffen, dass sie unbemerkt in den Hafen von Bilbao schlüpfen könnten.

»Maria hat sich für die Nacht eingerichtet?«, fragte Gus.

Es war eine harmlose Frage, aber Lisandro kannte die wahre Bedeutung dahinter. Maria war unbeschwert gewesen, als Mister Granville bei ihnen gewesen war, sie den Brandy probiert und Selbstvertrauen gezeigt hatte. Aber Jahre des Krieges und der Aktivitäten als Schmuggler hatten sie gelehrt, dass Menschen ihre wahren Gefühle oft hinter einer Maske verbargen, wenn sie nervös oder ernsthaft besorgt waren.

»Sie fragte nach ihrem Vater. Wünscht zu wissen, woran er beteiligt war«, antwortete er. *Und ob seine politischen Verbindungen etwas mit ihrer Entführung zu tun haben.* »Ich habe ihr gesagt, dass wir darüber reden können, sobald wir auf der Jacht nach Spanien sind. Ich denke, wenn sie die Wahrheit über das hört, was ihr geliebter Padre getan hat, könnte Maria ein paar Tage auf See brauchen, um diese harte Wahrheit zu absorbieren.«

Gus reichte Lisandro die Zigarre, und er nahm einen langen, tiefen Zug, bevor er sie zurückgab. »Ich kann mir vorstellen, dass es schwierig sein könnte, zu akzeptieren, dass Antonio de Elizondo tatsächlich einer von denen ist, die sich hinter die Kulissen bewegt haben, um die Macht des Königs zu beschneiden«, sagte Gus.

»Eine so adelig geborene Frau wie Maria sollte sich nur darum kümmern müssen, einen guten Ehemann zu finden und eine Familie zu gründen. Sie sollte sich keine Sorgen machen müssen, entführt zu werden. Wenn jemand Probleme mit ihrem Vater hat, dann sollte er das auch mit diesem ausmachen.«

Lisandro freute sich nicht darauf, ein offenes Gespräch mit Maria darüber zu führen, was hinter den Kulissen in Spanien geschah oder wie launisch ihr König sein konnte, wenn es um Loyalität und Verrat ging.

Marias Entführung könnte nur der Anfang der Probleme ihrer Familie sein. Es war ein weiterer guter Grund für die beiden Familien, endlich ihre lange Fehde zu beenden. Wenn Antonio und er einen Weg finden könnten, zusammenzuarbeiten, könnten sie in der Lage sein, sowohl den Elizondo- als auch den Aguirre-Clan vor mächtigen und noch unbekannten Feinden zu schützen.

Nur dann konnte Lisandro daran arbeiten, Marias Herz zu gewinnen.

Kapitel Siebzehn

Die Nacht und der folgende Tag vergingen ohne Zwischenfall. Es war eine willkommene Verschnaufpause. Als sich die Kutsche der Küste näherte, ließ Lisandro das Fenster herunter, damit die erfrischende Meeresbrise die Kutsche füllen konnte.

Er grinste Maria über den schmalen Zwischenraum hinweg an. Zum ersten Mal seit ihrer Entführung entstand echte Hoffnung in Marias Herzen.

Wenn sie es sicher an Bord von Gus' privater Jacht schaffen konnten, bestand eine gute Chance, dass sie in einem Stück zu ihrer Familie zurückkehrte.

»Welcher Tag ist heute?«, fragte sie.

»Sonntag. Und als Antwort auf Ihre nächste Frage, nein, wir haben keine Zeit für die Kirche. Aber wenn Sie möchten, könnten wir einen Moment oder zwei im Gebet zusammen verbringen«, antwortete er.

Maria nahm ihre Santiago-Medaillon-Halskette ab und hielt sie fest, während Lisandro seine Hände über ihre legte.

»*Por favor, Padre Celestial, te ruego que mantengas tu buena gracia sobre los dos*«, sagte sie. Gemeinsam machten sie das Zeichen des Kreuzes, und Lisandro fügte hinzu: »*Amén.*«

Wenn sie es sicher nach Hause geschafft hatte, plante sie, Zeit mit Dankgebeten in der Elizondo-Familienkapelle zu verbringen.

Am frühen Abend erreichten sie Portsmouth und begaben sich auf direkten Weg zum Dock. Sie hatte erwartet, dass sie im Hafen bleiben würden, bis die Gezeiten richtig standen, aber Lisandro und seine Freunde hatten andere Pläne.

Sobald die Kutsche neben dem Steinpfeiler zum Stehen kam, stiegen Gus und Stephen beide waffenbereit hinunter. Lisandro griff nach seiner Reisetasche, die auch Marias wenige Besitztümer enthielt, und öffnete die Tür.

»Warten Sie hier einen Moment; wir müssen überprüfen, ob die Gegend sicher ist. Ich vertraue darauf, dass Sie wissen, wie man mit einem Gewehr umgeht?«, fragte er.

Maria hob daraufhin eine Augenbraue. Sie war eine spanische Adlige aus dem Baskenland; natürlich wusste sie, wie man ein Gewehr benutzte. Sie beugte sich hinunter und nahm die Waffe, die Lisandro unter dem Sitz aufbewahrt hatte, und untersuchte sie.

»Wenn ich das Ding abfeuern muss, um eines unserer Leben zu retten, können Sie sich auf mich verlassen«, antwortete sie.

Lisandro nickte. »Maria de Elizondo, der glückliche Mann, der Sie einmal heiraten wird, wird immer wissen, dass er auf Ihren Mut zählen kann.«

Sie starrte auf das Gewehr. Es wäre wunderbar, mit jemandem verheiratet zu sein, der ihren Wert sah. Ein Mann, der auf die Frau jenseits ihres Brautpreises und ihres Familiennamens schaute.

Vielleicht ein Mann wie Lisandro de Aguirre.

Er strich mit der Hand über ihre Wange, und sie begegnete seinem stählernen Blick mit einem entschlossenen Herzen. Sie würde tun, was er wollte.

»Seien Sie bereit, das Gewehr abzufeuern, wenn es nötig sein wird. Ich werde in Kürze wiederkommen.« Damit verließ er die Kutsche.

Es waren nur ein oder zwei Minuten vergangen, seit er fort war, aber für Maria dehnten sich die Sekunden zu Ewigkeiten. Als der Griff der Kutsche rasselte, hob sie das Gewehr, bereit zu schießen.

Lisandro erschien in der Tür und nickte dankbar, nahm ihr die Waffe aus den Händen und sicherte sie. »Die Luft ist rein. Gehen wir.«

Die Anlegestelle war menschenleer. Abgesehen von einem kleinen Ruderboot gab es keine Schiffe zu sehen. Maria durchsuchte den Hafen und runzelte die Stirn, als Gus auf eine Jacht zeigte, die irgendwo vor der Küste festgemacht war.

»Je früher Sie an Bord meines Schiffes sind, desto besser, aber wir müssen dorthin rudern«, sagte er.

Marias Blick fiel auf das Ruderboot, und ihr Magen rebellierte. Sie war noch nie von Schiffen begeistert gewesen, und die Vorstellung, in ein so kleines Boot zu steigen, bereitete ihr Übelkeit.

Mit einem angespannten Lächeln wandte sie sich an Stephen. Er würde nicht den kurzen Ausflug zur Jacht mitmachen; vielmehr würde er am Dock bleiben und das Gewehr bereithalten.

»Danke für alles, was Sie für mich getan haben. Ich erwarte nicht, dass Sie und ich uns jemals wiedersehen werden, aber Sie sollen wissen, dass Sie und Toby immer einen Platz in meinen Gebeten haben werden.«

Er streckte seine Arme aus und umarmte sie kurz, aber herzlich. »Ich bin nur froh, dass Sie jetzt auf dem Weg nach Hause sind. Und dass Lisandro Sie beschützt. In der Frage, ob wir uns jemals wiedersehen werden, irren Sie sich leider, Doña Maria. Bevor wir gingen, hatte Toby mich bereits über seine großartigen Pläne informiert, im nächsten Sommer nach Spanien zu reisen.«

Ich schulde diesem kleinen Jungen so viel.

Die Augen voller Tränen drehte sie sich um und nahm Lisandros Hand an, als er ihr ins Boot half. Gus warf die Leinen ins Wasser und kletterte an Bord. Maria saß im Bug und hielt sich mit beiden Händen grimmig an den Seiten fest. Stephen hob den

Arm und winkte zum Abschied; das Beste, was sie tun konnte, war, ihm zuzunicken.

Noch bevor sie sich vom kleinen Dock entfernt hatten, drehte er sich um und ging zurück zur Kutsche. Als das Boot vom Ufer wegglitt, galt ihr letzter Blick Stephen, das Gewehr in der Hand, wie er auf den steinernen Pfad schaute, der hinunter zum Wasser führte.

»Bereit machen und ziehen«, rief Gus.

Er und Lisandro saßen nebeneinander, jeweils mit einem Ruder in der Hand. Maria nahm tiefe Atemzüge und hielt kurz die Luft an, ehe sie langsam wieder ausatmete, als das Boot aus dem geschützten Dock segelte. Das gelegentliche laute Schnaufen von Lisandro oder Gus wurde bald das einzige Geräusch über dem Rauschen der Wellen.

Als sie schließlich neben die Jacht zogen, warf Gus eine Leine zu einem der Matrosen an Bord, und eine Strickleiter wurde zu ihnen heruntergeworfen.

Maria nahm Lisandros Hand, und er zog sie auf die Füße. Er schlang seine Arme um ihre Mitte und hob sie auf die Leiter. »Legen Sie Ihren Fuß auf die erste Sprosse und Ihre Hände auf beiden Seiten, wobei Sie das Seil greifen. Dann ziehen Sie sich hoch. Ich werde hinter Ihnen sein und sicherstellen, dass Sie nicht fallen.«

Sie mochte eine brav erzogene Adlige sein, aber Maria de Elizondo war in der Kunst des Reitens erfahren. Die Leiter zu erklettern war sehr ähnlich, wie ihren Stiefel in einen Steigbügel zu stecken und auf ein Pferd zu steigen. Tatsächlich fand sie es einfacher. Sie würde jeden Mann herausfordern, so elegant in einen Damensattel zu steigen, wie sie es schaffte, an Bord der Jacht zu kommen.

Mit den Füßen fest auf dem Deck, atmete Maria erleichtert auf. Obwohl die Jacht kein großes Schiff war, wirkte sie robust. Die Besatzung, die geschäftig herumlief, schien ihre Plätze und Aufgaben zu kennen.

Dies sollte es bis nach Spanien schaffen. Hoffe ich.

In aller Eile machten sie sich mit dem Kapitän bekannt. Sie begann gerade, sich wohlzufühlen, als Gus und Lisandro einander die Hände reichten und sich anschließend heftig umarmten.

»Das nächste Mal brauchst du hoffentlich nicht so lange, um nach England zu kommen. Und stell vorher sicher, dass du Zeit hast, länger als ein paar Tage zu bleiben. Monsale und George werden höchst enttäuscht sein, dass sie dich dieses Mal verpasst haben«, sagte Gus.

Der Gedanke, dass nur Lisandro und sie den langen Weg nach Hause antreten würden, machte Maria erneut nervös. *Ich hoffe, dass wir in diesen Tagen auf See reden und auf unserer aufkeimenden Freundschaft aufbauen können.*

Gus drehte sich um und verbeugte sich tief. »Doña Maria, danke, dass Sie so eine ausgezeichnete Geisel gewesen sind. Es war mir eine Freude, Sie zu retten. Ich hoffe, dass wir uns eines Tages wiedersehen werden, vorzugsweise unter weniger dramatischen Umständen.« Er beugte sich vor und flüsterte ihr ins Ohr: »Nehmen Sie sich Zeit, während Sie auf See sind, um über Ihre Zukunft nachzudenken. Sie könnten es viel schlimmer treffen als mit Lisandro. Und glauben Sie nicht mal für eine Minute, dass er Sie nicht mit mehr als nur Ihrer Sicherheit im Hinterkopf beobachtet. Ich denke, Sie haben sein Herz gestohlen.«

Marias Blick wanderte von Gus zu den anrollenden Wellen, in den bewölkten Himmel und dann zurück zu Gus. Sie schaute überall hin, außer zu Lisandro. »Danke. Und ja, ich werde Ihren Rat befolgen und dieser Angelegenheit viel Aufmerksamkeit widmen.«

Sie bewegte sich von der Reling weg, als Gus Lisandro einen letzten herzhaften Schlag auf den Rücken gab. »Pass auf dich auf und sorge dafür, dass du diese junge Frau sicher nach Hause zurückbringst. Wir sehen uns wieder, Don de Aguirre.«

Der Meisterschmuggler kletterte hinunter und zurück in das Ruderboot. Für einen durchschnittlich großen Mann besaß

Augustus Jones außerordentlich kräftige Schultern. Innerhalb von Minuten war er auf dem besten Weg zurück zum Ufer.

Lisandro sah sie an. »Da sehen Sie jemanden, der daran gewöhnt ist, in einem Ruderboot spät in der Nacht Reißaus zu nehmen. Er ist stark wie ein Ochse gebaut. Kommen Sie, ich zeige Ihnen die Kajüte unten.«

Unten?

Maria begutachtete das Deck noch einmal. Im Gegensatz zu einem richtigen Schiff schien die Jacht keine Kapitänskabine auf dem Wetterdeck zu haben. In der Tat, abgesehen von dem Mast, Seilen und Segeln, gab es hier oben durchaus wenig zu sehen.

Lisandro traf ihren Blick. »Es hat keinen Sinn, eine schöne, schicke Kabine oben zu haben, wenn die lokale Miliz oder Marine auf einen schießt. Viel sicherer ist es, unter Deck zu sein.«

Unter Deck. Kleine Räume. Oje.

Sie schluckte schwer und zwang die ersten Anzeichen von Panik hinunter, so gut sie konnte. Mit mehr als ein wenig Widerwillen folgte sie Lisandro, als er auf eine nahe Leiter zuging. Jede Sprosse, auf die sie trat, war ein Abstieg in Angst und ein Kampf gegen eine steigende Flut von Übelkeit, von dem sie dachte, dass sie ihn nur verlieren könnte.

Als sie das Hauptdeck erreichten, zeigte Lisandro auf eine kleine Kabine.

»Das da ist Ihre. Ich hoffe, Sie werden sich darin wohlfühlen«, sagte er.

Ich habe größere Kleiderschränke.

Ihre Kabine, wenn man sie so nennen wollte, war kaum eine Tür und ein dünnes Schott, das aus abwechselnden Lamellen bestand. Trotz der Privatsphäre, die sie darin finden würde, würde sie sich eingesperrt fühlen.

Es ist wie eine winzige Gefängniszelle.

Als sie sich näherte, griff sie nach dem Ärmel von Lisandros Mantel. »Ich muss Ihnen etwas sagen – ich bin nicht gut mit kleinen Räumen. Ich bekomme darin Albträume und neige dazu, schreiend aufzuwachen.«

»Gut zu wissen. Danke für den Hinweis. Ich werde in einer Hängematte direkt vor Ihrer Kabine schlafen. Also, wenn Sie irgendwelche Probleme während der Nacht haben, müssen Sie nur Ihre Tür öffnen, und ich werde zu Ihrer Hilfe kommen.«

Maria studierte für einen Moment sein Gesicht. Was hatte dieser Mann nur an sich? Jedes Mal, wenn sie ihn vor irgendeine Art von Herausforderung stellte, schien er in der Lage zu sein, eine Lösung zu finden. Nichts, was sie verlangte, schien jemals ein Problem darzustellen. *Erinnere mich noch einmal daran, wie es kommt, dass du mit meiner Familie verfeindet bist?*

»Lassen Sie uns zurück auf das Wetterdeck gehen. Wir werden in Kürze die Segel setzen; vielleicht möchten Sie England zum Abschied zuwinken«, sagte er.

Sobald sie an Deck standen, und Maria die frische Seeluft atmen konnte, linderte sich die Spannung in Nacken und Kiefer. Das Zähneknirschen war eine nervöse Angewohnheit, die sie nie überwinden konnte.

Während sich die Besatzung um die Jacht kümmerte, standen Lisandro und sie nebeneinander an der Reling und blickten auf den Hafen von Portsmouth. Sie glaubte, dass sie in der Ferne noch immer Stephen und Gus am Ufer warten sehen konnte, immer noch, um sie zu beschützen.

»Sie haben die besten Freunde. Ich glaube nicht, dass viele Menschen auf eine solche Loyalität oder Tapferkeit auch nur bei ihrer eigenen Familie zählen können«, sagte sie.

»Ja, sie sind wirklich gute Kameraden. Aber denken Sie nicht für eine Minute, dass sie nicht zu Missetaten fähig sind. Jeder von ihnen steckt bis zu seinem Hals in schmutzige Geschäfte.«

Sie blickte in seine Richtung. »Etwas sagt mir, dass sie das Gleiche über Sie sagen könnten. Sie sind loyal und mutig, aber es braucht eine bestimmte Art von Mann, um das tun zu können, was Sie im Haus in der Queen Anne Street getan haben. Ihr Leben für jemand anderen zu riskieren. Ich glaube nicht, dass dies die Dinge sind, die Sie als Kind von Ihrem Leben erwartet haben.«

Lisandros Blick blieb auf das Ufer fixiert. »Manchmal müssen Sie Entscheidungen treffen, die Sie in eine andere Richtung führen als die, die Sie geplant hatten. Der Krieg mit Napoleon hat das für viele von uns getan, auch für meine englischen Freunde. Was derzeit in Spanien geschieht, wird andere Männer dazu bringen, sich ähnlichen Entscheidungen zu stellen.«

Und Frauen. Vergessen Sie nicht, dass Spanien auch unser Land ist.

Sie zogen um zum Bug des Schiffes, um den Matrosen nicht im Weg zu stehen, die die Seile und Segel vorbereiteten. Die Meeresbrise war hier stärker und schlug Marias Haare um ihr Gesicht. Sie versuchte, ihre unberechenbaren Strähnen hinter ihre Ohren zu stecken, aber es war vergeblich – der Wind war zu stark.

Lisandro bewegte sich auf die andere Seite von ihr und schützte Maria so vor den böigen Turbulenzen. Sie standen einander nahe genug, jetzt, wo ihre Schulter gegen den Ärmel seines Mantels strich. Lisandro legte seinen Arm um sie, und Maria lehnte sich gegen ihn.

Keiner sprach. Dieser Moment brauchte keine Worte. Es war, als ob ein Vorhang zurückgezogen worden wäre, der ihnen einen Blick darauf gab, wie eine gemeinsame Zukunft aussehen könnte. Und als Lisandro und sie still durch diese Tür gingen, wusste sie, dass sie das wollte. Sie würden nie wieder Fremde sein.

Gus' Worte kamen ihr in den Sinn. *»Ich denke, Sie haben sein Herz gestohlen.«*

Sie hatte aufgehört, gegen das Wissen zu kämpfen, dass Lisandro der Mann war, der ihr ein anderes Leben geben konnte als das, das sie bis vor Kurzem für ihr Schicksal gehalten hatte. In Lisandros Armen wäre sie immer sicher.

Aber so sehr sie ihm nun vertraute, sie zu beschützen, Maria war keine welkende Blume. Was auch immer vor ihr lag, sie war bereit, an seiner Seite zu kämpfen. Ohne die anderen, um sie zu beschützen, war sie entschlossen, jemand zu sein, auf den er sich verlassen konnte. Damit er wusste, dass sie ohne zu zögern eine Pistole abfeuern würde, wenn es nötig sein sollte.

»Gus sagte, dass uns weitere Gefahren drohen würden, wenn wir nach Spanien zurückkehren.« Sie löste sich aus seiner Umarmung und drehte sich zu ihm um. »Ich muss wissen, was Ihrer Meinung nach passieren könnte. Bitte lassen Sie mich nicht im Dunkeln. Geben Sie mir eine Waffe, wenn Sie glauben, dass ich sie brauchen werde.«

Er nickte. »Wir segeln nach Bilbao; es ist der einzige große Hafen, in dem diese Jacht anlegen kann, ohne zu viele Verdachtsmomente aufkommen zu lassen. Ich kann Zarautz nicht riskieren, obwohl es näher an Schloss Tolosa liegt.«

»Tolosa?«

»Ich bringe Sie nicht heim nach Villabona. Diego und ich waren uns einig, dass es für Sie sicherer wäre, in meinem Haus zu bleiben, bis wir wissen, wer hinter Ihrer Entführung steckt.«

Sie starrte ihn mit vor Schock offenem Mund an. Niemand hatte dies zuvor erwähnt. »Was hat Diego Ihnen gesagt? Er muss einen Verdacht haben.«

Lisandro blickte über seine Schulter. Die Crew war nicht in Hörweite.

Sein Gesichtsausdruck war ernst. Er schloss die Augen, dann stieß er einen langsamen Atemzug aus. »Als Sie und Señor Perez am Strand angegriffen wurden ... Haben Sie gesehen, dass er gestürzt ist?«

Maria zuckte bei der unerwarteten Frage zusammen. Sie hatte Lisandro und seine Freunde über den Morgen, an dem sie entführt worden war, informiert, aber sie hatten nie ausführlich darüber gesprochen. Abgesehen davon, dass ihr ein Sack über den Kopf geworfen und sie dann bewusstlos wurde, hatte sie nicht gedacht, dass es noch viel hinzuzufügen gäbe.

Während sie ihre vagen Erinnerungen an diesen Morgen durchsuchte, trieb Marias Blick über das Holzdeck des Schiffes.

Sie richtete ihre Aufmerksamkeit auf eine nahe gelegene Seilrolle und verfolgte die Linien des Taus, um sich zu konzentrieren.

»Ich sah, wie er niedergeschlagen wurde. Er ist nicht wieder aufgestanden. Ich hielt ihn in jenem Moment für tot, aber Diego sagte Ihnen, dass er noch am Leben war, dass er sich erholt hatte.« Sie hob den Kopf und traf Lisandros Blick. Sein Gesicht war immer noch hart. »Das können Sie doch nicht ernsthaft glauben. Das ist unmöglich.«

»Ihr Bruder glaubt auch an seine Unschuld, aber keiner von uns kann sicher sein, was wirklich mit ihm passiert ist. Die Tatsache, dass Señor Perez am späten Vormittag beim Strandspaziergang wie benommen aufgefunden wurde, hat in meinem Kopf immer Fragen aufgeworfen.«

Sie schüttelte ungläubig den Kopf. Wie konnte ein Mann, den sie die meiste Zeit ihres Lebens gekannt hatte, in den Plan verwickelt gewesen sein, sie zu entführen? Ihr Vater vertraute ihm. Hatte ihm eine Position von großer Ehre und Verantwortung innerhalb des Herzogtums gegeben.

»Aber sie haben ihn angegriffen. Ich habe es gesehen«, sagte sie.

Das Flehen in ihrer eigenen Stimme ließ Maria eine Hand an ihre Lippen legen; sie wollte nicht das Schlimmste von Señor Perez denken. Aber warum hatte er so darauf bestanden, dass sie am Strand spazieren gingen? Und es war seine Idee gewesen, zum Boot zu gehen und nach Muscheln zu fragen.

Tränen traten ihr in die Augen, als sie einen zitternden Atemzug machte. Das ergab keinen Sinn.

»Könnte es sein, dass Sie nur das gesehen haben, was Sie sehen sollten? Ich nehme an, der Schlag war echt, aber vielleicht nicht so heftig, wie Sie möglicherweise geglaubt haben. Meine Erfahrung mit Entführern ist, dass sie normalerweise keine Gnade walten lassen, wenn es um unschuldige Zuschauer geht.«

»Ich zweifle nicht an Ihnen, aber wenn das wahr sein könnte, warum haben Sie oder Diego dann nicht mit meinem Vater gesprochen? Soweit ich weiß, befindet sich Señor Perez immer noch in einer Position großer Macht im Schloss Villabona.«

Sobald die Worte ihre Lippen verließen, kam ihr die Erkenntnis, stürzte auf sie herab wie ein Stein in einen Teich. Natürlich hatte niemand einen Schritt unternommen, um Señor Perez eines Fehlverhaltens zu beschuldigen. Wenn er tatsächlich an ihrer Entführung beteiligt gewesen wäre, wäre das Letzte, was ihre Familie tun würde, sie in noch größere Gefahr zu bringen, indem sie ihn verhaften ließe.

»Bis wir die Wahrheit erfahren, müssen wir Señor Perez dort lassen, wo er ist«, sagte Lisandro. »Der Mann ist vielleicht unschuldig. Aber wenn er sich mit den Leuten verbündet hat, die Sie entführt haben, müssen wir Ihre Rettung so lange wie möglich geheim halten.«

»Und wenn er unschuldig ist, wollen wir nicht einen geschätzten Berater der Familie beschuldigen. Jemand, der nicht nur meinem Vater, sondern seinem Land gedient hat«, sagte sie.

Die bloße Vorstellung, von einem Mann verraten worden zu sein, den sie de facto als Onkel betrachtete, traf sie mitten ins Herz. Sie konnte nur beten, dass sich Lisandro geirrt hatte und dass jemand anderes dahintersteckte.

Aber der Samen des Misstrauens und des Zweifels war gesät.

Ein Gefühl großer Müdigkeit senkte sich über Maria. Sie fand Trost, als Lisandro sie in seine Arme zog. Während ihr Kopf an seiner Brust lag, starrte sie über das dunkelblaue Wasser des Hafens von Portsmouth und bemerkte kaum, wann sich das Schiff zu bewegen begann. So nah bei Lisandro zu sein, war so natürlich, wie zu atmen.

Sie hatte lange darüber nachgedacht, es nach Hause zum Schloss Villabona zu schaffen. An den Ort, von dem sie immer gedacht hatte, es wäre ihr wahrer Ort der Sicherheit. Nun, mit der Sorge um Señor Perez und andere unsichtbare Feinde, schien es kein Zufluchtsort mehr zu sein. Lisandro und sie bewegten sich aus einer Gefahr möglicherweise in Richtung der nächsten, noch größeren.

Es gibt Feinde im Haus meines Vaters.

Als die englische Küste langsam in die Ferne verschwand, wandte sich Maria Lisandro zu. »Versprechen Sie mir etwas? Sagen Sie mir, was passiert und wann wir in Gefahr sind. Wenn der Tod für mich kommt, würde ich es gerne wissen, bevor er da ist.«

Er nahm ihre Hände in seine und hielt ihren Blick. Stählerne Entschlossenheit leuchtete in seinen Augen.

»Es gibt viele Meilen zwischen hier und Ihrem Zuhause. Auf dem vor uns liegenden Weg könnte uns alles passieren. Aber ich verspreche Ihnen, ich werde es Sie wissen lassen, sobald ich das Gefühl habe, dass wir beide sterben werden, denn, Maria de Elizondo Garza, ich werde immer darum kämpfen, Sie zu schützen, bis hin zu meinem letzten Atemzug.«

Kapitel Achtzehn

D*rei Tage später*
  Vor der Küste Frankreichs

Die Jacht, mit dem poetisch klingenden Namen *Night Wind*, war gut ausgestattet. Nachdem Lisandro und Maria ein Abendessen mit französischem Käse und Brot genossen hatten, brachte der Kapitän ihnen eine Flasche Burgunder und zwei Becher.

»Das Wetter ist heute Abend richtig schön, sodass wir das hier mit an Deck nehmen und die Sonne genießen können, wenn sie untergeht«, sagte Lisandro.

Maria lächelte. »Ja, das wäre schön.«

Sie fand es viel zu einfach, ihn anzulächeln. Noch am ersten Tag ihrer Abreise aus England hatten sie sich in eine komfortable, vertraute Routine eingelebt.

Tagsüber, wenn die Sonne schien, setzten sie sich auf das Wetterdeck und sprachen mit verschiedenen Besatzungsmitgliedern und, wenn er nicht beschäftigt war, mit dem Kapitän des Schiffes. Maria schmunzelte im Stillen immer noch über die Erinnerung an das errötende Gesicht des Mannes, als sie den üblichen Zweck der Jacht erwähnte, auf den Kontinent zu segeln. Jeder würde denken, dass der Kapitän völlig vergessen hatte, dass Gus sein privates Schiff benutzte, um Schmuggelware nach England zu bringen.

Maria blieb stehen, als sie das obere Ende der Leiter erreichte und tief durchatmete. Die Meeresluft war salzig und belebend.

Unten war es wärmer, aber es war ihr immer noch unangenehm. Sie bezweifelte, dass sie sich jemals an die niedrige Decke der beengten Kajüte gewöhnen würde, und fühlte sich dort wie eingesperrt.

An Deck führte Lisandro ein kurzes Gespräch mit einem Mitglied der Besatzung, und beide grinsten. Er klopfte dem Mann freundlich auf den Rücken. Der Seemann grüßte Maria, indem er sich an den Hut tippte, bevor er mit seiner Arbeit fortfuhr.

Lisandro hatte einen so leichten Umgang mit Menschen aller Ränge. Die fröhliche Art und Weise, wie er mit der Crew umging, bestätigte ihre Meinung, dass Lisandro de Aguirre in der Tat ein edler Mann war. Wann genau der Moment gewesen war, seitdem sie ihn nicht mehr als Bösewicht betrachtete, sondern als ehrenhafte, anständige Person, daran konnte sich Maria nicht erinnern. Mit jedem weiteren Tag mochte sie ihn mehr.

Die sanfte Zuneigung, die sie für ihn empfand, wuchs und blühte zu etwas anderem auf. Sie schätzte diese Momente und wollte nicht an die Zeit denken, in der dies alles enden würde.

Leicht verlegen führte Lisandro sie zur Rückseite der Jacht zu dem privaten Platz, den sie in den vergangenen Tagen oft eingenommen hatten. Das Plätzchen hinter mehreren großen Kisten war einer der seltenen Orte auf dem Deck, wo sie sich vor dem Wind schützen konnten.

Seine geschickten Finger hatten bald die Flasche entkorkt, und als Maria ihre zugewiesene Rolle als Becherhalterin übernahm, schenkte Lisandro ihnen eine großzügige Menge Wein ein. Er klemmte die Flasche zwischen seine Knie und hob grüßend seinen Becher in ihre Richtung. Maria folgte dem Beispiel.

»*A tu salud*«, sagten sie gemeinsam.

Der erste Schluck Wein glitt ihre Kehle hinab, und sie hustete. Lisandro streckte die Hand aus und rieb ihr den Rücken.

Wir fühlen uns so wohl miteinander. Wie Erbsen in einer Schote.

Sie wollte nicht darüber nachdenken, was ihnen in Spanien bevorstand, aber sie wusste, dass bald die Zeit kommen würde, in der sie gezwungen wären, sich der Realität ihres jeweiligen Lebens zu stellen. Dass Lisandro sie irgendwann zu ihrer Familie zurückbringen müsste.

Er runzelte die Stirn. »Warum das lange Gesicht?«

Sie zeigte mit ihrem Becher auf das Land, das weit weg sichtbar war. »Frankreich wird letztendlich zu Spanien. Diese Reise wird bald vorbei sein. Ich frage mich, was die kommenden Tage bringen werden.«

Er strich mit einer Hand über ihre Wange. »Fürchten Sie sich nicht, Doña Maria. Ich habe geschworen, Sie zu beschützen, und das werde ich tun.«

»Werden Sie mir von Ihren Plänen erzählen? Ich meine, wie wir es sicher von Bilbao nach Tolosa schaffen wollen. Es ist ein langer Weg.«

Er nahm einen Schluck von seinem Wein und starrte für einen Moment auf das Meer. Maria schätzte die Tatsache, dass sich Lisandro oft die Zeit nahm, eine Antwort auf eine schwierige Frage zu finden. Er konnte im richtigen Moment ungestüm sein, aber nie unbedacht.

»Wenn wir es nicht ganz früh am Morgen in den Hafen schaffen, plane ich, dass wir in einem Gasthaus übernachten«, antwortete er. »Ich muss mit dem Oberpriester der Kathedrale von Santiago sprechen. Er könnte in der Lage sein, etwas Licht auf die »Menschen« hinter Ihrer Entführung zu werfen. Dann, am nächsten Morgen, werde ich eine Kutsche für uns mieten, und wir können losfahren. Es ist nicht ideal, aber ich möchte mit dem Priester sprechen.«

»Glauben Sie, dass jemand im Hafen auf uns warten wird?«, fragte sie. »Ich meine, die Nachricht von meiner Flucht wird letztendlich Spanien erreichen, aber wir müssen etwas Zeit auf unserer Seite haben.«

»Wenn wir davon ausgehen, dass noch andere Personen in London involviert waren, was übrigens alle unsere Freunde der RR Coaching Company vermutet haben, dann sind wir wahrscheinlich allen, die daran denken, nach uns nach Spanien zu segeln, bestenfalls ein oder zwei Tage voraus. Wo diese Leute an Land gehen werden, darüber kann man nur Vermutungen anstellen. Wir müssen Sie so gut wie möglich versteckt halten.«

Sie hatte ihn gebeten, ehrlich zu ihr über die Risiken und Gefahren zu sein. Sie war sich nicht sicher, ob sie es jetzt immer noch wirklich wissen wollte.

Ich wünschte nur, ich könnte meine Augen schließen, und wenn ich sie wieder öffnete, wäre ich in Villabona und das wäre alles ein langer Albtraum gewesen. Aber das würde bedeuten, Lisandro nie kennenzulernen. Ich könnte mir niemals wünschen, diese Erinnerungen zu verlieren.

Lisandro nahm Marias Hand in seine und wandte sich ihr zu. »Worum geht es hier wirklich, Maria? Sie wissen, dass Sie mir vertrauen können.«

Ich möchte nicht, dass unsere gemeinsame Zeit endet.

Maria zuckte mit den Schultern und war nicht bereit, ihren stillen Gedanken eine Stimme zu geben. Sie hob ihren Weinbecher an die Lippen und nahm einen langen, tiefen Schluck. Hoffentlich würde der Alkohol bald seine übliche Wirkung entfalten und ihre Sinne trüben. »Es tut mir leid. Ich bin nur um diese Tageszeit immer so unruhig. Unten zu schlafen, ist ständig eine Herausforderung für meine Nerven.«

Lisandro betrachtete ihr Gesicht sehr lange, bevor er sich schließlich abwandte. Sein Gesichtsausdruck erzählte Maria alles, was sie wissen musste, was er wirklich von ihrem letzten Kommentar hielt. Er glaubte ihr kein bisschen.

Sie hielt inne und nahm all ihren Mut zusammen. »Nein, das ist noch nicht alles. Diese Momente – wenn wir zusammen sind –, ich wertschätze sie.«

Als sich ihre Blicke trafen, funkelte es in Lisandros Augen. Das weiche, verspielte Lächeln auf seinen Lippen ließ ihr Herz höherschlagen. »Ich verbringe gerne Zeit mit dir, Maria. Sehr gerne.«

»Aber du kennst mich kaum.«

Er nickte. »Dann erzähl mir einfach mehr über dich. Zum Beispiel, was passierte in deinem Leben, kurz bevor du entführt wurdest? Diego erwähnte den Grafen von Bera.«

Maria seufzte. Sie hatte ihr Bestes getan, nicht an die arrangierte Ehe zu denken, die ihr Vater mit dem Grafen zu verhandeln versucht hatte. Es war seltsam, dass Lisandro das erwähnte, aber es löste Hoffnung in ihrem Herzen aus. Lisandro hatte über sie nachgedacht und wen sie heiraten wollte.

»Als wir in Zarautz waren, diskutierten mein Vater und Don Delgado Grandes über eine mögliche Verlobung zwischen ihm und mir. Sie waren gerade dabei, das zu tun, als ich meinen unglückseligen Spaziergang am Strand machte.«

»Und freust du dich auf diese Verbindung?«, fragte er. »Ich meine, Don Delgado ist jemand mit Einfluss in Spanien. Er ist ein enger Vertrauter von König Ferdinand. Ich erwarte, dass er in den kommenden Jahren ein mächtiger Mann sein wird.«

Ich möchte nicht wegen Macht heiraten. Ich möchte aus Liebe heiraten.

»Ich bin nicht besonders daran interessiert, Don Delgado zu heiraten. Meiner Meinung nach ist er ein kleinerer Mann als mein Vater ... oder als du. Ihr seid beide mit euren Gütern und euren Leuten beschäftigt, während er nur durch Geld und Einfluss motiviert zu sein scheint«, entgegnete sie.

Je länger sich die Verhandlungen über die Verlobung hinzogen, desto glücklicher war sie. Die Bestimmungen des Grafen von Bera für Marias Mitgift waren ungeheuerlich, fast gleichbedeutend mit dem, was die Entführer in ihren Forderungen nach ihrer Freilassung gefordert hatten.

Ihr Vater wollte vielleicht, dass seine Tochter gut heiraten würde, aber er würde sich dabei sicherlich nicht in den Bankrott stürzen.

Besonders jetzt, da er bereits eine gute Summe Geld für meine Freilassung bezahlt hat, nur um es scheitern zu sehen.

»Also, was wird passieren, wenn du nach Hause zu Schloss Villabona zurückkehrst?«, fragte er. »Glaubst du, dass die Ehe geschlossen werden wird?«

Wäre sie nicht von ihrer Familie und ihrem Land gestohlen worden, hätte sich Maria vielleicht mit der Zeit mit dem Gedanken an ein Leben als Gräfin von Bera versöhnen können. Aber die vergangenen sechs Wochen hatten die Art und Weise verändert, wie sie viele Dinge betrachtete und was sie für ihre Zukunft wollte.

Wenn es die Möglichkeit gäbe, mit Lisandro zusammen zu sein, und sie sein Herz gewinnen könnte, würde sie diese ergreifen.

»In Anbetracht der Tatsache, dass die Verlobungsverhandlungen seit Monaten andauern und kein Zeichen von Übereinstimmung in Sicht ist, denke ich, dass die Chancen, dass ich jemals Don Delgado heirate, inzwischen gering sind.«

»Und wenn dein Vater weiterhin beim König in Ungnade bleibt, vermute ich mal, dass du schon bald in den Augen des Grafen an Attraktivität verlieren wirst«, sagte er.

Maria sah ihn aus zusammengekniffenen Augen an. Keine Frau mochte es, wenn man ihr sagte, dass sie nicht attraktiv sei, egal, in welchem Kontext. Lisandro war vernünftig genug, zusammenzuzucken.

»Ich meine nicht, dass du unattraktiv bist, Maria. Ganz und gar nicht. Du bist eine atemberaubend schöne Frau. Warum sonst hätte ich versuchen sollen, deine Bekanntschaft bei den Hochzeitsfeiern zu machen?«

Sie ließ ihn einen Moment in seinem Unbehagen schmoren, bevor sie ein verzeihendes Nicken anbot.

»Könnte Don Delgado möglicherweise hinter der Entführung stecken? Er schleppte die Verhandlungen hinaus.« Wenn er versuchen wollte, dem König einen Gefallen zu tun, wäre es eine gute Möglichkeit, den Herzog von Villabona zu bestrafen.

»Nein. Don Delgado ist nicht so ein Mann«, antwortete Lisandro. »Er würde so etwas für unter seiner Würde halten. Ich glaube jedoch, der Grund für deine Entführung war, deine Familie zu verletzen. Wenn du verschwindest, dient es als starke Warnung für andere, die möglicherweise versuchen, sich gegen König Ferdinand zu stellen.«

Lisandro hatte versprochen, über ihren Vater zu sprechen, sobald sie auf dem Boot waren. Maria war gespannt, welche Informationen er in seinem Besitz hatte. »Warum hat der König die Tür zu meinem Vater geschlossen?«

Es folgte eine lange und unbequeme Stille.

»Maria, wir sind immer noch nicht in Sicherheit, und ich werde dir nicht alles erzählen, was ich weiß, nur für den Fall, dass du in die Hände von Männern fällst, die versuchen könnten, dich zu verhören. Was ich sagen kann, ist, dass dein Vater mit anderen zusammengearbeitet hat, um die Verfassung wiederherzustellen, die Ferdinand abgelehnt und für nichtig erklärt hat, als er wieder an die Macht kam. Der König will ihn nicht öffentlich anprangern, aus Angst, das Feuer des Widerstands zu schüren.«

»Deshalb versucht er, seine Feinde mit heimlichen Mitteln anzugreifen, zum Beispiel indem er ihre Töchter entführt«, sagte sie.

Die Leute zu entlarven, die sie verschleppt hatten, war der einzige Weg, dem König zu zeigen, dass er seine Untertanen nicht ungestraft angreifen und nicht das Risiko eingehen konnte, dass sie zurückkamen, um ihn zu verletzen.

»Männer wie der Graf von Bera werden versuchen, in die Leere zu treten, die durch die Entfernung deines Vaters vom königlichen Hof entstanden ist.«

Vielleicht ist das der eigentliche Grund, warum Juan Delgado Grandes es so sehr hinauszögerte, sich auf die Bedingungen unserer Verlobung zu einigen.

»Ich erwarte, dass alle Diskussionen darüber, dass ich die Gräfin von Bera werde, vom Tisch sein werden, wenn ich nach Hause komme. Ich bin nicht nur die Tochter eines Mannes in königlicher Schande, sondern Juan Delgado wird mich nicht heiraten wollen, nachdem ich so viele Wochen in Begleitung anderer Männer weit weg von zu Hause verbracht habe.«

Ihre Blicke trafen sich. Im verblassenden Licht wirkten seine dunkelbraunen Augen wie zwei Becken – schwarz wie Tinte. Doch sie konnte noch immer die Wärme dieses Mannes sehen. Und seine Ehrlichkeit. Er lächelte sie an und murmelte: »Ich kann dir gar nicht sagen, wie sehr es mich freut, dass du Don Delgado nicht heiraten wirst.«

Kapitel Neunzehn

Nachdem sie die Flasche Wein ausgetrunken hatten, blieben sie auf dem Wetterdeck sitzen und beobachteten die Sterne. »Da ist der Estrella Polar. Siehst du? Er zeigt immer genau an, wo Norden ist«, sagte Lisandro.

Maria antwortete nicht. Seit fast einer Stunde sprach sie kaum ein Wort, und es beunruhigte ihn. Sie war eine Frau, die normalerweise nicht von Natur aus so still war.

»Maria, wir werden es schaffen. Versuch, dir keine Sorgen um Spanien zu machen oder über das, was passieren wird, wenn wir an Land gehen.«

Sie lächelte ihn an und erhob sich von ihrer Frachtkiste. »Ich nehme an, du hast recht.« Ein kleines Nicken begleitete ihre Worte.

Er stand auf und nahm sowohl die leere Flasche als auch ihre Becher. »Na dann komm. Ich denke, du brauchst eine gute Nachtruhe. Am Morgen werden die Dinge besser aussehen.«

Sie machten sich auf den Weg zum Zwischendeck.

An der Tür zu ihrer winzigen Kajüte blieb Maria stehen. Ihr Blick senkte sich, und sie spielte nervös mit ihrem Santiago-Anhänger. Lisandro juckte es, nach ihrer Hand zu greifen. *Bitte schau mich an.*

»*Buenas noches*, Lisandro. Ich hoffe, du schläfst gut.« Sie mied seinen Blick.

Maria drehte sich um und ging in ihre Kabine, sodass Lisandro noch lange nach dem Schließen der Tür frustriert auf die Klinke starrte.

Er hatte gehofft, ihre Freundschaft heute Abend voranzutreiben, um zu sehen, ob die Zuneigung, die in seinem Herzen zu wachsen begonnen hatte, möglicherweise von Maria erwidert wurde. Stattdessen drehte sich das Gespräch um ihren Vater, ihre mögliche bevorstehende Ehe und die geheime Identität derer, die sie entführt hatten.

Natürlich macht sie sich Sorgen um ihre Familie. Sei nicht so egoistisch, nur an dich zu denken.

Maria war auch eindeutig besorgt darüber, was auf der Straße von Bilbao nach Tolosa vor ihnen liegen könnte.

Ihre größtenteils ruhige Stimmung in dieser letzten Stunde verstärkte seinen wachsenden Zweifel an seiner Fähigkeit, ihr Herz zu gewinnen. Er hatte begonnen, in Maria mehr zu sehen als nur die Frau, bei deren Rettung er geholfen hatte. Sie beeinflusste ihn auf einer tieferen Ebene als bloße Freundschaft. Er wollte sie in sein Haus auf Schloss Tolosa bringen, um mit ihr zu schlafen, so lange, bis sie nie mehr gehen wollte.

Hör auf deinen eigenen Ratschlag und versuch, etwas zu schlafen. Mal sehen, was der Morgen bringt.

Nachdem er seine Decke aus der Hängematte geholt hatte, setzte Lisandro sich hin, um seine Stiefel auszuziehen. Er hing sie an einem Haken an einem nahen Pfosten, bevor er seine Beine über die Seite der Matte schwang und sich hinlegte. Die Seiten des Stoffes klappten sanft über ihn hinweg und schufen einen behelfsmäßigen Kokon. Er war vor dem Herausstürzen sicher, aber das war, wo seine Liebesaffäre mit der Hängematte begann und endete.

All das Schwingen sorgte nicht für einen angenehmen Schlaf. Sein Kopf genoss die konstante schaukelnde und rollende Bewegung des Schiffes nicht so wirklich, und die Hängematte war etwas, an das er sich nie gewöhnen würde.

Viel lieber wäre er wieder in seinem riesigen Ahnenbett auf Schloss Tolosa. Ein Bett, das zehn Fuß breit und neun Fuß lang war. Es war kleiner als das berühmte Great Bed of Ware in England, aber es war immer noch großartig. Das Einzige, was ihm fehlte, war eine permanente weibliche Bewohnerin, etwas, dem er unbedingt Abhilfe schaffen wollte.

Ich möchte, dass sie jede Nacht sicher in meinen Armen schläft.

Während der bisherigen Nächte auf dem Meer hatte Maria die Angewohnheit gezeigt, aus ihrem winzigen Raum herauszuwandern und eine Zeit lang auf und ab zu gehen, bevor sie wieder ins Bett ging. Während dieser nächtlichen Wanderungen sprach sie nie mit ihm − sie summte leise, murmelte ein paar Dinge vor sich hin und zog sich dann in ihre Kabine zurück, um erst am Morgen wieder gesehen zu werden.

Ich frage mich, ob sie heute Abend wieder schlafwandeln wird.

Lisandro war kurz davor, in den Schlaf wegzudriften, als das Schreien begann.

»Nein! Lass mich los ... Lass los! Bitte ...«

Er versuchte in aller Eile, sich aufzurichten, schaffte es aber nur, dass die Hängematte umkippte und ihn auf den Fußboden warf. Lisandro landete mit einem heftigen Schlag. »Uff.«

»Nein. Nein. Ich will nach Hause gehen. Geh runter von mir!«

Lisandro kämpfte sich auf die Füße. Er riss die Kabinentür auf und stürzte hinein.

Maria saß aufrecht, die Arme fest um ihren Körper geschlungen, ihr Kopf gesenkt. Währenddessen flehte sie einen unsichtbaren Feind an, sie gehen zu lassen.

Er eilte zum Bett, nahm Maria bei den Schultern und versuchte, sie zu wecken. »Maria. Aufwachen! Maria.«

Sie wimmerte. Ihre Augen öffneten sich, als sie ihren Kopf hob und ihn anstarrte, ihr Blick war unkonzentriert.

»Maria, *mi corazón*, ich bin es. Lisandro.«

Sie packte seinen Ärmel und zog ihn zu sich. »Ich wusste, dass du kommen würdest, *mi amor*«, flüsterte sie.

Er suchte in ihren Augen, doch ein Schlag der Enttäuschung traf sein Herz, als ihm klar wurde, dass sie nicht wach war.

Natürlich schläft sie noch. Sie träumt von ihrem imaginären Liebhaber. Nicht von mir.

Ein zweites Mal schüttelte er Maria sanft und versuchte, sie aus ihrem Traum zu wecken.

»Maria, wach auf.« Zu seiner Überraschung verstärkte sich ihr Griff an seiner Jacke.

»Ich bin wach.«

»Wo bist du?«, fragte er. Es schien die einzig vernünftige Frage zu sein, die einzige Möglichkeit, wie er sicher sein konnte, dass sie ihm nicht einfach im Schlaf antwortete.

»Ich bin auf der *Night Wind,* mit dir auf dem Weg nach Spanien. Ich hatte einen Albtraum, und du hast mich mit deinen Worten geweckt.«

Überrascht setzte sich Lisandro auf den Bettrand. Wenn Maria wach gewesen war, dann hatte sie gehört, wie er sie »mein Herz« nannte. Es bedeutete außerdem, dass sie die Worte »meine Liebe« nicht im Schlaf gesprochen hatte.

Sie senkte ihren Kopf für einen Moment, aber nicht schnell genug, um die Röte ihrer Wangen zu verbergen.

Lisandro fühlte sich hin- und hergerissen. Er wollte sie. Die Notwendigkeit, sie zu seiner zu machen, hatte sich in der vergangenen Woche langsam aufgebaut. *Nein. Das ist nicht die Wahrheit. Sei ehrlich zu dir selbst.*

Die brennende Sehnsucht nach ihr hatte er zum ersten Mal gespürt, als er Maria auf dem Hochzeitsball in Zarautz gesehen hatte. Und während das Wissen, wer sie war, ihn gezwungen hatte, einen Schritt zurückzutreten, blieb sie weiterhin die Frau, die seine Träume von jener Nacht an verfolgt hatte.

Er war sich sehr bewusst, dass sie eine verletzliche junge Frau war, weit weg von zu Hause und in seiner Obhut. Sie unter den gegenwärtigen Umständen auszunutzen, ging gegen alles, wozu er erzogen worden war und was er als ehrenhaft zu akzeptieren gelernt hatte.

Und doch, selbst als er sich zurückzog, entließ sie ihn nicht aus ihrem Halt.

~

Der Albtraum, in einem engen Raum gefangen zu sein, hatte Maria wieder mit seinen eisigen Fingern ergriffen. Seit ihrer Kindheit litt sie unter diesen Ängsten.

Ihre Wurzeln gingen tief, fest in den Erinnerungen an einen Unfall verankert, den sie nie vergessen konnte. Die einzige Gnade, die der Traum ihr erwies, war, dass am Ende immer jemand gekommen war, um sie zu retten. Bisher war dies Señor Perez gewesen, der Mann, der sie tatsächlich aus dem Brunnen auf dem Anwesen der Familie Elizondo gezogen hatte.

Sein Platz war nun von einem anderen eingenommen worden. Lisandro. Er hatte so viel riskiert, um sie von den Entführern zu befreien, dass es natürlich Sinn ergab, dass er in diesem Albtraum als ihr Held auftrat.

Aber als sie ihren Blick von ihm riss, ihre Wangen brennend, wusste Maria, dass dies nicht ihre einzigen Emotionen waren, wenn es um Lisandro ging. Sie hatte sich in ihn verliebt. *»Mi amor.«* Die Worte waren aus ihrem Herzen gesprochen worden.

»Maria. Schau mich an.«

Sie machte sich auf die Unvermeidlichkeit gefasst, dass er ihr sagen würde, sie solle sich zusammennehmen. Lisandro würde ihr einen Vortrag darüber halten, dass sie nur Reisegefährten waren. Und alles andere, was zwischen ihnen wachsen könnte, müsste warten.

Ich möchte nicht hören, dass ich die Dinge zu schnell vorantreibe. Ich kenne mein Herz.

Als sie ihren Blick hob, um seinem zu begegnen, bot Maria Lisandro ein sanftes, verzeihendes Lächeln an. Wie auch immer er sie enttäuschen wollte, sie würde es verstehen.

»Du hast mich ›meine Liebe‹ genannt. Hast du das gemerkt?«, fragte er.

»Ja. Und das war ernst gemeint. Obwohl es in Ordnung ist, wenn ...«

Lisandro verschloss ihren Mund mit seinem und brachte sie zum Schweigen. Er gab ihr einen tiefen Kuss, der von Sehnsucht und Verlangen sprach. Seine Lippen waren heiß an ihren.

Oh, Himmel. Ich hätte nie gedacht, dass ein Kuss so sein könnte.

Maria packte die Vorderseite seiner Jacke und zog ihn näher zu sich, weil sie nicht wollte, dass er die Zügel allein hielt. Seine Zunge berührte ihre, ehe er sich zurückzog. Als er erneut suchte, traf sie ihn auf halbem Weg, und ihre Zungen begannen einen langen, innigen Tanz. Sie wollte, dass das nie enden würde.

Als das Schiff plötzlich schwankte, fielen sie auseinander. Keuchend sahen sie einander in die Augen. Maria war sich sicher, dass der Ausdruck der überraschenden Freude auf Lisandros Gesicht mit ihrem eigenen übereinstimmte.

»Sag mir, wenn ich zu weit gegangen bin«, sagte er.

»Nicht weit genug.«

Ihre Lippen trafen sich erneut, und die Zeit trieb davon. Maria hielt nichts zurück, und ihr Herz freute sich, als Lisandro sie in seine Arme nahm und den Kuss vertiefte.

Ich will das, ich will dich.

Was auch immer die Zukunft für sie bereithielt, sie würde die Erinnerung an diesen Abend, an diesen Moment bewahren.

Als der Kuss endete, flüsterte Lisandro: »*Te quiero siempre.*«

Maria nickte. Wenn es nach ihr ginge, würden seine Worte Wirklichkeit werden. Sie würde für immer ihm gehören.

»Wirst du mich halten, bis ich einschlafe?«, fragte sie.

»Ja.«

Unter den Decken schlang Lisandro seine Arme um Maria. Sie kuschelten sich zusammen, und zum ersten Mal seit vielen Wochen genoss Maria endlich einen tiefen und erholsamen Schlaf.

Kapitel Zwanzig

Der Hafen von Bilbao, Nordspanien
Zehn Tage nach dem Verlassen Englands

Maria schauderte. Sie schlang die Arme um sich, aber ihr war nicht kalt. Ihr Körper summte bei der Aussicht, bald vom Schiff hinunter und auf trockenem Land zu sein.

Von dem Moment an, als die *Night Wind* an Kap Higuer an der Grenze zwischen Frankreich und Spanien vorbeigesegelt war, war sie nicht mehr in der Lage gewesen, etwas anderes zu tun, als an Deck zu stehen und über das Wasser zur spanischen Küste zu starren.

Kurz nach der Morgendämmerung hatte sie einen Blick auf den kegelförmigen, hoch aufragenden Gipfel des Berges Serantes erhaschen können. Sie waren fast zu Hause.

Es war beinahe Mittag, und als die Jacht durch den Hafen von Bilbao und in die Mündung des Flusses Nervión segelte, kroch ihr ein Hauch von Sorge in den Sinn. Es waren etwa sechzig Meilen von Bilbao nach Tolosa. Zwischen den beiden Städten könnte auf der Straße viel passieren.

Lisandro kam und stellte sich neben sie, der Wind peitschte

durch seine langen Haare. Normalerweise band er es mit einem Lederstreifen zurück, aber heute Morgen hatte er es nicht getan.

Maria sah lächelnd zu ihm hinauf. »Du bist ein atemberaubend schönes Exemplar des spanischen Adels.« Sie legte eine Hand auf ihren Mund. Sie hatte nicht geplant, diese Worte laut auszusprechen.

»Danke.« Er lachte wissend. »Man darf nie sagen, dass du kein offenes Buch bist, Maria de Elizondo.«

Seine Finger berührten ihre, dann verschränkten sie ihre Hände miteinander. Was auch immer ihnen in den nächsten Tagen und danach passierte, sie waren zusammen in diesem Abenteuer.

»Wo hast du geplant, dass wir in Bilbao übernachten?«, fragte sie.

»Ich kenne einen Ort nicht weit von der Kathedrale von Santiago. Ich möchte so bald wie möglich mit dem Oberpriester über die Männer sprechen, an die er das Lösegeld bezahlt hat. Sobald ich das getan habe, müssen wir eine Kutsche mieten und Vorbereitungen treffen, um morgen abzureisen.«

Der Plan war, dass sie Bilbao beim ersten Morgenlicht verlassen und nach Eibar fahren würden, etwa dreißig Meilen entfernt. Es würde eine enorme Anstrengung von ihrer Seite und mehrere Halts erfordern, um die Pferde zu wechseln, aber je weiter weg von Bilbao sie es an einem Tag schaffen könnten, desto besser. Das Gespräch mit dem Priester war die einzige Möglichkeit, einen Hinweis darauf zu bekommen, wer hinter Marias Entführung steckte und ob diejenigen weiterhin eine Bedrohung für sie in Spanien darstellten.

»Sobald das Schiff anlegt, werden wir zum Gasthaus gehen. Es ist nicht die beste Unterkunft, die du je hattest, aber es ist sauber und abgelegen. Wir sollten dort sicher sein«, sagte Lisandro.

»Wenn sie ein Bad für mich einlassen können, ist es mir egal, wo ich schlafe.« Die Tage auf See hatten ihr Haar durch die Salzluft austrocknen lassen, und sie wollte sich dringend den Schmutz von der Haut schrubben.

Wenn es doch nur du sein könntest, der mir ein Bad einlässt und mir das Haar wäscht. Nun, das wäre perfekt.

Er beugte sich vor und küsste sie zärtlich auf die Stirn. Seit der Nacht, in der sie sich zum ersten Mal geküsst hatten, waren diese Momente sanfter Zuneigung Teil ihrer ständig wachsenden Beziehung geworden. Teil des Bandes, das sie zu knüpfen anfingen.

»Solange du in meinen Armen schläfst, ist das alles, was zählt«, sagte Lisandro.

Sie hatten damit begonnen, an ihren gemeinsamen Abenden auf dem Wetterdeck zärtliche Momente zu teilen. Jeder Kuss und jede Berührung von Lisandros Händen sandte Wellen des Vergnügens und Verlangens durch Marias Körper.

Obwohl die Nächte wunderbar waren, aneinandergeschmiegt in dem schmalen Bett in ihrer beengten Kajüte, sehnte sie sich nach einer Zeit, in der sie eine offene Diskussion über ihre Zukunft führen konnten. Sie hatten noch nicht von einem gemeinsamen Leben gesprochen, aber sie spürte, dass dies eher darauf zurückzuführen war, dass Lisandro das Schicksal nicht in Versuchung führen wollte, als darauf, dass er dieses Leben nicht wollte. Momentan. Sie schienen beide damit zufrieden zu sein, ihre stillschweigende Vereinbarung mit sanften Küssen und leisen Worten zu besiegeln.

Aber Maria sehnte sich nach der Zeit, in der Lisandro und sie Liebende werden konnten.

Sie lächelte ihn an, als er sie noch einmal küsste.

»Du solltest vielleicht auf das Hauptdeck gehen und deine Sachen zusammensuchen«, sagte er. »Ich habe einen Lederhut auf deinem Bett gelassen, und du solltest ihn aufsetzen, bevor wir ankommen. Wir müssen davon ausgehen, dass vielleicht jemand ausländische Schiffe beobachtet, wenn sie in den Hafen kommen, und Interesse an den Passagieren zeigt, wenn sie von Bord gehen.«

Lisandros Worte, auch wenn sie sie an die möglichen Gefahren erinnerten, die vor ihr liegen mochten, gaben Maria Trost. Er dachte ständig darüber nach, wie man am besten mit jeder Bedrohung für ihre Sicherheit umgehen konnte. Aber wer kümmerte sich eigentlich um ihn?

Ich sollte das sein.

»Lisandro, bitte versprich mir, dass du keine unnötigen Risiken eingehen wirst, während wir in Bilbao sind.«

»Glaube mir, ich bin immer vorsichtig. Und anders als in London habe ich keine Freunde in dieser Stadt, die ich um Hilfe bitten könnte, wenn wir in ernsthafte Schwierigkeiten geraten.«

Bis sie es bis zur Burg Tolosa schafften, gab es niemanden, dem sie vollständig trauen konnten. Wer wusste, wie viele Menschen von den Entführern bezahlt wurden? Die Tatsache, dass sie den Oberpriester der Kathedrale von Santiago als Teil ihres Plans verwendet hatten, war ein deutlicher Hinweis darauf, wie wenig Rücksicht sie auf die Regeln der Gesellschaft nahmen.

Lisandro legte eine Hand um Marias Taille und zog sie an sich. Sie hob ihr Gesicht und nahm dankbar seinen zarten Kuss auf die Lippen an.

»Ich werde nichts tun, was uns in Gefahr bringt. Der Besuch beim Oberpriester ist nur, damit wir verstehen, woher Bedrohungen für uns kommen können. Unbekannte Feinde sind die schlimmsten«, sagte er.

Sie küsste ihn ein letztes Mal und zog sich dann zurück. »Ich werde gehen und unsere Sachen holen.«

Als sie die Leiter erreichte, die zum Hauptdeck hinabführte, blieb Maria stehen und blickte noch einmal zu ihm zurück. Hatte Lisandro die Bedeutung ihrer Worte begriffen? *»Unsere Sachen.«* Sie hatte es aus gutem Grund und absichtlich gesagt. Sobald sie wieder auf trockenem Land waren, wären sie nur noch zu zweit.

Lisandro, du und ich stecken da zusammen drin. Nicht nur jetzt, sondern für immer.

Kapitel Einundzwanzig

Das Gasthaus, das Lisandro für sie gewählt hatte, befand sich in der Barrenkale, einer der sieben Straßen der Altstadt von Bilbao, die quer zum Fluss verliefen. Am Ende jeder Straße befand sich die ursprüngliche hohe Steinmauer, die die Stadt umgab. Nachts wurden die Tore der Mauer geschlossen, und diejenigen, die nach Las Siete Calles hinein- oder wieder hinauswollten, mussten die Wachen an den Haupttoren passieren.

Nachdem sie durch das Tor gegangen waren, traten sie in eine schmale Straße mit hohen Gebäuden, die sie auf beiden Seiten überragten. Wäsche hing von vielen hohen Balkonen und trocknete in der warmen Sonne.

»*Soy un tonto*«, murmelte Lisandro.

Warum hält er sich für einen Narren?

»Was stimmt denn nicht?«, fragte sie.

Er drehte sich um und zeigte auf die hohe Mauer. »Dies war immer ein sicherer Ort, wenn ich in Bilbao übernachtet habe. Die Wände halten alle drin. Ich habe gerade erkannt, dass es auch bedeutet, dass wir nur einen Weg hinaus haben, wenn wir angegriffen werden.«

Bis zu diesem Moment hatte Maria die Aussicht auf den

Spaziergang vom Fluss aus genossen. Nun schienen die alten Mauern der Altstadt nicht mehr so einladend.

Sie liefen weiter die gepflasterte Straße von Barrenkale hinauf, bevor sie durch ein kleines Tor in eine enge Gasse traten. An deren Ende betraten sie den Hof des Gasthauses. Ein Schild mit dem Bild einer Amsel hing über einer nahen Tür.

»*El Mirlo?*«, fragte sie.

»Ja, das ist eines der ältesten Gasthäuser in ganz Bilbao. Es stammt aus dem dreizehnten Jahrhundert. Es gibt diesen Hof schon länger als die Mauer. Komm. Mal sehen, ob wir ein Zimmer bekommen können.«

Maria zog ihren Hut tiefer, verbarg mehr von ihrem Gesicht und folgte Lisandro hinein.

Zu ihrer Überraschung war *Die Amsel* eine gut geführte Einrichtung, und die Frau des Besitzers ließ bald eine Metallwanne in ihr Zimmer bringen. Eine kleine Prozession von Hausmädchen, die Krüge mit warmem Wasser trugen, folgte den Lakaien mit der Wanne. Schon bald starrte Maria liebevoll auf den Anblick eines einladenden Bades.

Nachdem er den Dienstmädchen ein Trinkgeld zugesteckt hatte, schloss Lisandro die Tür zu ihrem Zimmer und schob den Riegel vor. »Ich schlage vor, dass du ein schnelles Bad nimmst. In der Zwischenzeit werde ich losgehen und sehen, ob ich ein Gespräch mit dem Oberpriester bekomme.«

Maria seufzte enttäuscht. Sie hatte gehofft, eine lange Stunde in der Wanne zu verbringen und anschließend eine Flasche guten spanischen Wein zu finden. Danach hatte sie eine Siesta auf dem Bett geplant.

Mit einem schrägen Grinsen im Gesicht kam Lisandro zu ihr. Der warme, köstliche Kuss, den er auf ihre Lippen setzte, hellte ihre Stimmung ein wenig auf. Maria schmiegte sich an ihn, und eine definitive Verhärtung drückte gegen ihren Bauch. Die Versuchung winkte.

Leise lachend trat er mit erhobenen Händen zurück. »Wenn

du weiterhin so ein gefährliches Spiel spielst, schaffen wir es vielleicht nie hier raus.«

»Wäre das so eine schlechte Sache?«, fragte sie.

Seine Miene wurde ernst. »Wenn ich dich zu der Meinigen mache, und ich denke, wir beide wissen, dass es irgendwann passieren wird, wird es sicherlich nicht in einem alten Gasthaus sein. Und vor allem nicht, wenn die Uhr tickt, und ich gerade im Begriff bin, zu einem Priester zu gehen.«

Er kam näher und flüsterte ihr ins Ohr: »Dein erstes Mal wird etwas Besonderes sein. Ich will Stunden zur Verfügung haben, wenn ich mit dir schlafe, Maria. Denn sei versichert, dass du, wenn ich dich nackt und unter mir habe, mehr als einmal deinen Höhepunkt erreichen wirst.«

Sie schluckte schwer, schockiert und tief erregt von seinen Worten. In ihrer Fantasie hatte sie sich eine Zeit vorgestellt, wenn er und sie zusammen waren, aber ihn das mit solcher Gewissheit sagen zu hören ... es war fast zu viel.

»Wirst du bleiben, während ich bade?«, fragte sie.

Lisandro schüttelte den Kopf. »Ich bin ein Mann mit mehr als einem Minimum an Selbstbeherrschung, aber selbst ich bin nicht so stark.« Er zeigte auf die Tür. »Achte einfach darauf, sie abzuschließen.«

Nachdem Lisandro gegangen war, tat Maria genau das und drehte den Schlüssel. Mit dem Rücken zur Tür schloss sie die Augen.

Er wollte sie. Bald würde sie ihm gehören.

Sie entledigte sich der Kleidung und stieg nackt in die Badewanne. Als die Seifenlauge ihre Brüste bedeckte, griff Maria nach einer Brustwarze und strich mit dem Daumen darüber. Mit ihrer anderen Hand tauchte sie in das Wasser und zwischen ihre Beine. Als sie einen Finger in ihre Hitze gleiten ließ und zu streicheln begann, legte sie ihren Kopf gegen den Wannenrand und konzentrierte ihre Gedanken auf ihn – auf Lisandro und die köstlichen Dinge, von denen sie es kaum erwarten konnte, dass er sie mit ihr tat.

»Es gibt nicht viel, was ich Ihnen sagen kann, aber ich denke, dass Sie in großer Gefahr sind, wenn Sie in Bilbao bleiben. Der Mann, mit dem ich zu tun hatte, zeigte keinen Respekt vor mir oder der Heiligen Mutter Kirche. Und diese Art von Mann ist die Art, die nicht um seine Seele fürchtet«, sagte der Priester.

Lisandro stellte sein Glas Brandy auf den Tisch. Er hatte gehofft, dass der Leiter der Kathedrale von Santiago mehr Licht auf die Männer werfen könnte, die ihm die Lösegeldforderung übergeben hatten, aber es schien, dass Lisandros Mission vergeblich gewesen war. Das Einzige, was er gewonnen hatte, war die Bestätigung, dass der Mann, den Lisandro in Zarautz gesehen hatte, der Engländer Wicker gewesen war. Genau dieser Mann stand mit dem Geld in Verbindung, das der Herzog von Villabona bezahlt hatte, um Marias Freilassung zu sichern.

»Wann haben Sie diesen Mister Wicker das letzte Mal gesehen?«, fragte er.

»Gestern. Er fragt immer wieder, ob das zweite Lösegeld bezahlt wurde. Deshalb denke ich, dass Sie aus Bilbao verschwinden müssen, und zwar schnell. Die Nachricht von Ihrer Ankunft in Spanien bleibt sicher nicht lange geheim. Matrosen, die in Tavernen trinken, erzählen gerne Geschichten.«

Lisandro kam auf die Füße, er hatte eine Entscheidung getroffen. Maria und er mussten Bilbao verlassen, und zwar noch heute. Sie würden bis zum Einbruch der Dunkelheit so viel des Weges nach Tolosa hinter sich bringen, wie sie konnten.

»Ich danke Ihnen, Vater. Ich schätze Ihre Ehrlichkeit. Es tut mir leid, dass Sie in all das verwickelt wurden und die Gnade der heiligen katholischen Kirche so schlimm misshandelt wurde.«

Der Priester machte segnend das Zeichen des Kreuzes. »Schicken Sie eine Nachricht, sobald Sie Doña Maria de Elizondo Garza nach Hause gebracht haben. Ich werde für Sie beide beten. Gott schütze Sie, Don de Aguirre.«

Lisandro verließ die Kathedrale über eine Seitentür und bog

links in die Posta Kalea ein. Es war ein längerer Weg zurück zur *Amsel,* als vorn entlangzugehen, aber er wollte sich nicht unter die Leute mischen, die sich um den Eingang der Kathedrale versammelt hatten. Seiner Meinung nach könnte jeder Mensch, an dem er vorbeikam, jemand sein, der mit den Entführern in Verbindung stand.

Er hatte sich gerade wieder nach links gewandt und die Richtung des Flusses eingeschlagen, als sein Blick auf eine vertraute Gestalt fiel. Dort an einer Straßenecke, beiläufig eine Zigarre rauchend, stand der schwer vernarbte Engländer. Mister Wicker.

Lisandros Blut wurde zu Eis.

»Infierno sangriento«, murmelte Lisandro vor sich hin.

Er verfluchte sich selbst. Hier war er, immer noch in Sichtweite der Kathedrale, und was tat er? Blasphemie.

Ich werde zur Hölle fahren.

Er schob alle Sorgen um die ewige Verdammnis von sich, zog den Kragen seines Mantels hoch und blieb auf seiner Straßenseite. Erst als er es schließlich in eine Gasse schaffte und seinen Feind weit aus den Augen verloren hatte, erlaubte sich Lisandro, einen Seufzer der Erleichterung auszustoßen.

Er eilte schnell zur Herberge. Sie durften keine Zeit verschwenden.

Bitte sei mit dem Baden fertig und bereit, aufzubrechen.

Als er den Gasthof erreichte, verlangsamte er seine Schritte. Ein Mann, der stürmend unterwegs war, würde Aufmerksamkeit erregen. Das Letzte, was er wollte, war, dass jemand erwähnte, ein Gast habe die Einrichtung mit übereilter Hast verlassen.

Er klopfte an und schob sich an Maria vorbei, sobald sie die Tür öffnete.

»Oh!«, rief sie.

Ihre erschrockene Reaktion brachte ihn zur Besinnung. Er war so entschlossen gewesen, nachdem er die Kathedrale verlassen hatte, tausend Sorgen im Kopf, dass er einfach hereingepoltert war und überhaupt nicht an ihr Nervenkostüm gedacht hatte. Der liebliche Anblick, der sich ihm bot, ließ ihn nun innehalten.

Maria hatte gebadet und sich angezogen. Ihr langes braunes Haar war geflochten und über eine Schulter gelegt. Sie war ein strahlendes Bild einer nordspanischen Schönheit.

Das Einzige, was die Aussicht verdarb, war ein Ausdruck von Schmerz in ihrem Gesicht. In ihren warmen braunen Augen.

»Verzeih mir«, sagte er.

Sie neigte den Kopf zur Seite und betrachtete ihn. »Was ist passiert? Du wirkst schrecklich aufgeregt, Lisandro. Was ist in der Kathedrale passiert? Konntest du irgendwelche Informationen erhalten?«

Er stieß einen langsamen Atem aus und tat sein Bestes, um seine Gelassenheit wiederzuerlangen. Maria hatte recht; er befand sich in einem schrecklichen Zustand.

»Der Priester der Kathedrale von Santiago konnte mir nicht viel geben. Aber er sagte mir, dass der Mann, den ich in Zarautz sah, der vernarbte Engländer, hier in Bilbao ist. Er ist derjenige, der die Lösegeldforderungen und das Geld deines Vaters weiterreicht.«

Er griff nach seiner Reisetasche und begann, Dinge hineinzustopfen. Nachdem er Marias Hut und Mantel aufgehoben hatte, reichte er sie ihr. »Wir müssen jetzt gehen. Ich sah gerade eben diesen Mann vor der Kathedrale stehen.«

»Der Engländer mit dem verbrannten Gesicht? Ich bin sicher, er war derjenige, der mir den Sack über den Kopf gestülpt hat. Er weiß, wie ich aussehe, also ja, wir müssen hier weg.«

Sie kam an seine Seite und legte eine Hand auf seinen Arm. »Nimm dir einen Moment Zeit und beruhige dich. Dann lasst uns einen vernünftigen Plan erarbeiten.«

Mit Widerwillen tat Lisandro, was sie verlangte, und atmete tief durch. Es beruhigte seinen rasenden Geist. Lisandros Hände zitterten noch vor dem Adrenalinrausch, der durch seine Adern floss, aber er konnte endlich klar denken.

Ich schaffe das. Ich kann uns hier rausholen.

»Wenn wir Bilbao jetzt verlassen, könnten wir bei Einbruch der Dunkelheit eines der Dörfer auf dem Weg nach Tolosa erreichen. Wir haben eine bessere Chance, wenn wir keine Kutsche mieten, sondern stattdessen Pferde finden«, sagte sie.

Er wollte gerade den Mund öffnen, um nach ihren Reitkünsten zu fragen, aber ein harter Blick von Maria hielt ihn auf. »Meinem Vater gehört ein ganzer Stall andalusischer Schimmel. Mir wurde beigebracht, ein Kriegspferd zu reiten, sobald ich laufen konnte. Bitte beleidige mich nicht, indem du mich fragst, wie gut ich mit einem Pferd umgehen kann.«

Sie war klug, einfallsreich, und wenn er sich nicht schon in sie verliebt hätte, hätte Lisandro das in diesem Moment getan.

»Es wird ein langer und harter Ritt sein«, sagte er. »Es tut mir leid, dass du heute Abend nicht in einem richtigen Bett schlafen konntest, aber sobald wir es zum Schloss Tolosa geschafft haben, verspreche ich dir, dass du viel Ruhe bekommen wirst.«

Er wollte Maria unbedingt sein riesiges Bett zeigen. Er wollte sie hineinlegen, mit ihr schlafen und dann in ihren Armen endlich zur Ruhe kommen. Lisandro war entschlossen, dafür zu sorgen, dass Marias erstes Mal wunderbar sein würde, dass ihre Gedanken während dieser langen Stunden zarter Liebkosungen ausschließlich um sie kreisen würden.

Im Moment jedoch hing die Bedrohung durch die Entführer weiterhin über ihnen.

Sobald er sie sicher zum Schloss Tolosa gebracht hatte, zu dem Haus, von dem er wollte, dass es für immer ihr gemeinsames Zuhause sein sollte, waren sie frei, ihren Wünschen nachzugeben. Eins zu werden.

Kapitel Zweiundzwanzig

Lisandro blickte hinauf zu den dunklen Wolken und fluchte. Der Regen kam, und zwar bald. Schon konnte er ihn in der Luft riechen. Das Letzte, was einer von ihnen wollte, war, unterwegs vom Sturm erwischt zu werden. Sie hatten das letzte Dorf vor zwei Stunden verlassen, und es war schon zu weit weg, um dort dem bedrohlichen Wetter zu entkommen.

»Es sieht so aus, als würden wir ein Bad bekommen«, sagte er.

Als von Maria keine Reaktion kam, zog Lisandro die Zügel zurück und drehte sich zu ihr um. Anstatt nur eine Pferdelänge hinter ihm zu sein, wie während der gesamten Zeit, war sie gut fünfzig Meter zurückgeblieben, von ihrem Pferd abgestiegen und starrte über ein Feld.

Lisandro ritt zurück und zog sein Pferd neben ihrem an den Straßenrand.

»Es wird bald regnen«, sagte sie. »Ich denke, wir sollten Schutz suchen. Das sieht genauso gut aus wie jeder andere Ort.«

Sein Blick folgte ihrem Zeigefinger. Eine niedrige Steinscheune inmitten einer Wiese erregte seine Aufmerksamkeit. *Tonto! Wie konnte ich die granero übersehen?*

Nicht zum ersten Mal schickte Lisandro ein Dankgebet in

den Himmel, weil er nicht nur eine schöne, sondern auch eine fähige Frau zur Begleitung hatte.

Sie führten ihre Pferde durch eine Lücke in der Steinmauer, die entlang der Straße verlief, und dann weiter zur Scheune. Es gab nirgendwo ein Haus. Die Scheune war mehr als wahrscheinlich ein Ort, um darin Heu zu lagern, und als Winterschutz für Tiere.

Im Inneren fanden sie genau das, was sie brauchten.

»Dies ist perfekt. Es gibt Futter für die Pferde, einen Trog mit frischem Regenwasser und vor allem sauberes Heu, auf dem wir schlafen können«, sagte sie.

Sie banden die Pferde an einem Ende der Scheune an und nahmen ihnen die Sättel ab. Während Maria ihre Ausrüstung auspackte, gab Lisandro ihren Reittieren eine wohlverdiente Abreibung.

»Ihr seid mächtige Bestien und habt uns heute einen langen Weg gebracht. Ich danke euch beiden sehr«, sagte er.

Es überraschte ihn nicht, dass die Pferde nicht reagieren. Sie waren zu beschäftigt damit, an dem sauberen Heu zu nagen.

Der zurückliegende Tag war lang und außerordentlich anstrengend gewesen. Von der Ankunft im Hafen am frühen Nachmittag bis zu der Entdeckung, dass ihre Feinde in Bilbao lauerten, und dann noch viele, viele Stunden im Sattel. Lisandro war müde bis auf die Knochen.

Hätten wir es nur nach Eibar geschafft. Ich hasse es, wenn wir hier draußen allein sind. Es macht uns verwundbar.

Er müsste sich damit begnügen, die Fortschritte zu akzeptieren, die sie erzielt hatten. Maria war aus Bilbao heraus, und Eibar war nahe genug, dass sie, wenn sie mitten in der Nacht dorthin aufbrechen müssten, eine relativ gute Chance auf Erfolg haben würden – solange sich der bedrohliche Sturm nicht ausgerechnet dann über ihnen austobte.

Als die Pferde getrocknet und gefüttert waren, schloss er sich ihr in der Ecke der Scheune an, wo sie auf einem Haufen Stroh saß und etwas Käse zerteilte. Maria war in Bilbao, als er über den Kauf von zwei Pferden verhandelt hatte, auf einen nahe gelegenen Markt gegangen und hatte ihnen Vorräte gesichert. Für die Tochter eines Aristokraten besaß sie eine vernünftige und praktische Natur.

Aus den Satteltaschen holte sie einen versiegelten Keramikkrug mit Apfelwein, einen großen Laib frisches Brot und ein Glas eingelegtes Gemüse.

»Das sieht lecker aus«, sagte er.

Sie grinste ihn an, ehe sie einen weiteren kleinen Sack herausholte und diesen Lisandro übergab.

Lisandro öffnete den Beutel und holte einen langen Gegenstand heraus, der in Tuch eingewickelt war. Seine Nase nahm den Geruch umgehend auf. »Geräucherter Kabeljau?«

»Jetzt sind wir wirklich wieder in Spanien.«

Lisandro beugte sich vor und legte einen weichen Kuss auf ihre Lippen. »Das sind wir.«

Es mochte nur einfache Kost gewesen sein, aber mit Maria an seiner Seite war es das beste Essen, das Lisandro seit Langem genossen hatte.

Der Regen begann eine Stunde später, von Blitz und Donner angekündigt. Eine Kakofonie von Lärm tanzte über das Ziegeldach der Scheune. Glücklicherweise schienen sich die Pferde mit dem Drama vom Himmel wohlzufühlen und achteten nicht darauf.

In ihrer gemütlichen Ecke der Scheune kauerten Lisandro und Maria über einer kleinen Lampe. Es war die einzige Lichtquelle, die sie zu benutzen wagten. Sie hatten mehrere Stunden lang niemanden auf der Straße gesehen, aber sie konnten nicht riskieren, entdeckt zu werden. Wenn man ihnen gefolgt wäre, wäre eine abgelegene Scheune mitten im Nirgendwo der letzte Ort gewesen, an dem sie gefunden werden wollten.

Schon der Gedanke, dass Lisandro sein Versprechen, bis zu

seinem Tod zu kämpfen, um sie zu beschützen, einhalten würde, ließ Maria Tränen zurückblinzeln.

Ich kann den Gedanken, ihn jemals zu verlieren, nicht ertragen. Ich liebe ihn.

Er reichte ihr den Rest des Essens. Maria wickelte es ein und legte es zusammen mit den restlichen Vorräten in die Taschen. Lisandro trug sie dann zu den Sätteln. Alles war bereit, nur für den Fall, dass sie eine übereilte Flucht antreten mussten.

Als er zu ihr zurückkehrte, setzte sich Lisandro und nahm Maria in die Arme. Sie bedeckte Lisandro und sich mit sauberen Stroh, um sie warm zu halten. Die Scheune war trocken, und sie richteten sich so gemütlich ein, wie es die Umstände zuließen.

»Wir sollten versuchen, etwas zu schlafen. Ich weiß, dass das Wetter düster ist, aber ich möchte, dass wir bei Tagesanbruch unterwegs sind«, sagte er.

Sie sah ihn an und lächelte. »Wie weit ist es von hier nach Tolosa?«

»Um die achtundzwanzig Meilen. Die Pferde sind beide bei guter Gesundheit und dazu in der Lage. Ich weiß, es wird einen weiteren langen Tag im Sattel bedeuten, aber je früher ich den Turm meines Hauses sehen kann, desto besser. Ich habe Männer, die bei Bedarf die Waffen ergreifen können.«

Trotz Lisandros Vorschlag wollte Maria nicht schlafen. Noch nicht. Die Erwähnung des Heims seiner Familie bot die perfekte Gelegenheit für ein Gespräch.

»Erzähl mir von deinem Zuhause. Ich meine, was es für dich bedeutet«, sagte sie. Er brauchte den Ort nicht für sie zu beschreiben; sie würde es früh genug mit eigenen Augen sehen. Was Maria wissen wollte, war, wie dieser Ort dabei geholfen hatte, die Art von Mann zu formen, die Lisandro war – jemand, der über seinen Besitz hinaus auf den Rest Spaniens blickte.

Lisandro hob das Glas der Lampe und blies die Kerze aus. Sie tauchten in Dunkelheit. Die einzige Lichtquelle war das gelegentliche Wetterleuchten, als sich das Gewitter entfernte.

»Ich gehe davon aus, dass es in vielerlei Hinsicht dem deinen ähnlich ist. Getreide, Bohnen, die auf Stangen am Hang wachsen. Ich habe eine kleine Menge Weintrauben, die auf der südlichen Seite des Anwesens wachsen. Ich beabsichtige, im nächsten Jahr weitere Schafe anzuschaffen und wieder Käse zu machen.«

Ein warmer Kuss berührte ihre Stirn, und sie seufzte. »Fahr fort.«

»Meine Heimat ist der Grund, warum ich mich während des Krieges gegen Frankreich mit den Engländern eingelassen habe. Ich wollte, dass Spanien frei von Napoleon ist, um seine eigenen Entscheidungen über die Zukunft treffen zu können«, fügte er hinzu.

Das waren so ziemlich dieselben Worte, die ihr Vater während der dunklen Tage von König Ferdinands Exil in Frankreich gesagt hatte. Dass ein freies Spanien das sei, was alle wollten.

»Aber den König wieder auf dem Thron zu haben, wird das nicht schaffen«, sagte sie. »Er hat sein Wort nicht gehalten. Jedem gewöhnlichen Spanier wurden seine Rechte und seine Hoffnungen genommen.«

Ihre Worte waren gefährlich. Manche würden sagen, aufmüpfig. Verräterisch. Sein Schweigen war ebenso beunruhigend. Hatte sie gerade etwas gesagt, das sie in weitere Schwierigkeiten bringen könnte?

Du weißt, dass Männer nicht gerne hören, wie Frauen über Politik diskutieren.

»Du solltest vorsichtig sein mit dem, was du sagst, Maria. Ferdinand hat bereits viele Menschen in diesem Jahr verhaften lassen. Schriftsteller und Zeitungsredakteure. Er beabsichtigt, jede Art von Opposition gegen seinen Anspruch auf absolute Herrschaft zu vernichten.«

»Also würdest du dir wünschen, dass deine zukünftige Frau, wer auch immer sie ist, schweigt, wenn es um solche Dinge geht?«

In der tintenschwarzen Nacht war es unmöglich, sein Gesicht zu lesen. Seine Hand ergriff ihre, und bald berührten weiche Küsse ihre Handfläche. »Nein. Aber ich würde erwarten, dass sie sorgfältiges Urteilsvermögen anwendet, wenn es darum geht, ihre Meinung auszudrücken, und wem gegenüber. Vor Spanien liegen finstere Zeiten. König Ferdinand ist ein launischer und rachsüchtiger Mann. Es gibt Höflinge, die versuchen würden, seine Gunst zu gewinnen, indem sie ihm die Namen derer verraten, die geflüsterte Worte gegen ihn sagen.«

»Du warst einer der Menschen, die geholfen haben, ihn nach Spanien zurückzubringen. Mein Vater auch«, entgegnete sie.

Die Realität ihrer Situation machte sie nervös. Ihr Vater hatte sich bemüht, den König wieder an die Macht zu bringen, aber jetzt war er in Ungnade gefallen.

Spanien veränderte sich, und sie befürchtete, dass es nicht zum Besseren sein würde. Was wäre, wenn sie ihr Herz einem Mann gegeben hatte, der darum kämpfte, den Status quo aufrechtzuerhalten, während sich die ganze Welt um sie herum veränderte?

»Was ich getan habe, tat ich, weil ich ein treuer Spanier bin«, sagte er. »Aber seit seiner Rückkehr hat sich Ferdinand als unwürdig erwiesen, König zu sein. Ich nehme an, dass dein Vater zu der gleichen Schlussfolgerung gekommen ist. Alles, um was ich dich bitte, ist, dass wir diese Art von Angelegenheiten ausschließlich in der Privatsphäre unseres Hauses besprechen, und auch dann nicht vor den Dienern.«

Sie hörte die Warnung in seiner Stimme. Wer konnte sicher sein, dass sich nicht einer von Lisandros vertrauenswürdigen Hausangestellten so gegen ihn wenden würde, wie sie es von Señor Perez bei ihrem Vater vermuten mussten?

Lisandro würde als Verräter gebrandmarkt und öffentlich denunziert werden. Sie konnte den Gedanken nicht ertragen, dass er in diesem Fall nach Madrid verschleppt werden würde und sich den königlichen Inquisitoren stellen müsste.

»Einverstanden. Wir werden nur darüber sprechen, wenn wir allein sind«, sagte sie.

Er war ein Teil ihres Lebens, und sie würde alles tun, um ihn zu beschützen. Maria drehte sich um und küsste Lisandro zart auf die Lippen, dann flüsterte sie: »Ich vertraue darauf, dass du das tust, was für dieses Land richtig ist, und ich werde immer neben dir stehen. Ich liebe dich.«

»Ich liebe dich auch.«

Kapitel Dreiundzwanzig

Beim ersten Blick auf den höchsten Turm der Burg Tolosa zügelte Lisandro sein Pferd. Er stieß einen schweren Seufzer aus. Er war beinahe zu Hause.

Erleichterung durchfuhr ihn. Nur noch etwa eine Meile, dann hatten sie es geschafft. Die langen Wochen seit seiner Abreise nach Zarautz schienen eine Ewigkeit her zu sein.

Beim Klappern von Pferdehufen auf der trockenen, harten Straße drehte er sich um und sah zu, wie Maria ihr Reittier neben seines zog. Sie hielt eine Hand an ihr Gesicht und schützte ihre Augen vor den sterbenden Strahlen der untergehenden Sonne.

»Ist es das?«

Plötzlich von Emotionen übermannt, konnte Lisandro als Antwort nur nicken. Er war so viele Tage ständig auf der Hut gewesen, dass die Flut der völligen Erleichterung ihn zu überwältigen drohte.

Sie beugte sich vor und klopfte ihm auf das Knie. »Du hast es geschafft. Ich bin so stolz auf dich – und so unendlich dankbar.«

Er schluckte den Klumpen in seiner Kehle hinunter. »Wir haben es geschafft. Du. Ich. Und diese wilden Freunde von mir in England. Jeder hat seinen Teil dazu beigetragen.«

Mit einem leichten Druck seiner Fersen trieb er sein Pferd an. Eines der ersten Dinge, die er tun würde, sobald er nach Hause kam, wäre, den Stallmeister anzuweisen, dafür zu sorgen, dass beide Pferde kräftig abgerieben und in den besten Ställen mit viel Heu untergebracht wurden. Auch ein oder zwei frische Äpfel standen auf der Liste.

Als sie langsam durch das Tor ritten, das in das Landgut Aguirre führte, hielt Lisandro sein Pferd noch einmal an und zeigte auf die Stadt Tolosa, die sich am Fuße des nahen Tals etwa sechs Meilen entfernt erstreckte. Schloss Tolosa selbst befand sich auf dem Gipfel eines Berges in der Nähe des Dorfes Bidania.

Maria klatschte begeistert in die Hände. »Und da ist der Oria! Oh, Lisandro, ich hatte wirklich befürchtet, dass ich ihn nie wiedersehen würde.«

Das dunkle Wasser des Oria, der auf seinem Weg in die Bucht von Biskaya sowohl durch Tolosa als auch durch Villabona floss, durchschnitt die Landschaft wie ein gewundenes Band. Es leuchtete hell im letzten Licht des Tages.

Wenn die Dinge geklärt und sie in Sicherheit waren, würde er Maria mit nach Tolosa nehmen und sie seinen Freunden und seiner Familie vorstellen. Er hatte auch vor, mit ihr die Kirche der Heiligen Maria zu besuchen und für ihre sichere Rückkehr zu danken. Währenddessen beabsichtigte er, ein ruhiges Wort mit dem Priester über die Organisation einer Hochzeit zu führen, eine, die die Familien Aguirre und Elizondo für immer zusammenbringen würde.

Aber das lag noch in der Zukunft. Es standen ihnen noch viele Hindernisse im Weg. Neben den bisher nicht identifizierten Entführern gab es auch die nicht so unbedeutende Frage, wie mit dem Herzog von Villabona umgehen. Lisandro konnte sich lebhaft vorstellen, wie sein erstes Gespräch mit Marias Vater verlaufen könnte.

Don de Elizondo, ich habe Ihre Tochter gerettet. Oh, und ich habe mich in sie verliebt und werde sie zu meiner Frau machen. Was war das für eine alte Fehde?

Sie ritten weiter zur eigentlichen Burg und passierten das enorme schmiedeeiserne Tor. Er grinste, als Maria auf die schwere Barriere blickte, die über ihren Köpfen hing.

»Keine Sorgen. Die Ketten, die das Ding halten, sind stark.«

Männer und Frauen strömten aus der Burg und den umliegenden Gebäuden. Als Lisandro und Maria endlich die Haustür erreicht hatten, folgten ihnen fast hundert Menschen. Aber er hatte nur Augen für einen einzigen Menschen – die schwarz gekleidete Frau, die auf den untersten Stufen stand.

Seine Mutter.

Nachdem er ein Bein über den Sattel geworfen hatte, ließ sich Lisandro zu Boden fallen. Er warf einen Blick auf Maria, um ihr zu helfen, aber sie winkte ihn weg.

»Geh zu der Herzogin. Bring mich nicht in Schwierigkeiten mit meiner zukünftigen Schwiegermutter, bevor ich überhaupt die Chance hatte, sie kennenzulernen«, sagte sie.

Er wusste es besser, als Maria vor den allzu aufmerksamen Dienern zur Rede zu stellen. Sie standen alle mit großen Augen da und starrten sie an. Als er sich auf den Weg zu seiner Mutter machte, begann das Flüstern.

»Wer ist sie?«

»Sie sieht aus wie die Tochter des Herzogs von Villabona, aber das ist unmöglich.«

»Könnte sie es sein?«

»Was könnte es bedeuten?«

Lisandro lächelte und ging weiter.

Es bedeutet eine Hochzeit und ein Ende einer lang andauernden und sinnlosen Fehde.

Lisandros Mutter umsorgte Maria, so wie ihre eigene Mutter es zweifellos tun würde, sobald sie nach Hause zurückkehrte.

Innerhalb einer Stunde nach ihrer Ankunft auf Schloss Tolosa war Maria gebadet und ihre Haare in Ziegenmilchseife gewaschen worden, und sie trug ein neues Kleid.

»Es ist vielleicht nicht die neueste Mode, aber meine Tochter hat es hier gelassen, als sie im Sommer aus Madrid kam. Ich möchte, dass Sie es haben«, sagte die Herzogin, stand hinter ihr und schenkte ihr ein warmes Lächeln.

Maria betrachtete sich im Spiegel. Das blassgoldene und cremefarbene Kleid war vorzüglich. Es wurde hinten auf eine Weise geschnürt, die sie vorher noch nie gesehen hatte. Wenn das Kleid aus Madrid stammte, standen die Chancen gut, dass dieser Stil erst in einem Jahr oder so in diesem Teil Spaniens ankommen würde.

»Ich kann es unmöglich behalten«, entgegnete sie.

Die Herzogin legte eine Hand sanft auf Marias Arm. »Ich bestehe darauf.«

Die Großzügigkeit, die ihr die Matriarchin der Familie Aguirre entgegenbrachte, demütigte sie. Diese Menschen waren nicht der böse Feind, wie sie geglaubt hatte. Stattdessen war die Ähnlichkeit zwischen ihrer Familie und dieser ziemlich auffällig.

»Sie verwöhnen mich, Doña Elena.«

»Sie sind ein Gast in meinem Haus. Es ist nur richtig, dass ich mich um Sie kümmere. Erst recht nach allem, was Sie nach den Erzählungen meines Sohnes durchgemacht haben.«

Sie tätschelte Marias Arm. »Ich werde Sie für einen Moment in Ruhe lassen. Das Abendessen wird in Kürze auf der Terrasse serviert.«

Nachdem Doña Elena den Raum verlassen hatte, verbrachte Maria einige Minuten allein und dankte still Gott, dass sie gerettet worden war. Heute Nacht würde sie in Sicherheit unter dem Dach des Herzogs von Tolosa schlafen – des Mannes, der sein Leben riskiert hatte, um nach England zu kommen und sie sicher nach Spanien zurückzubringen.

Mit nunmehr perfekten Kleidern und Haaren ging Maria auf die Terrasse hinaus. Die Sonne war untergegangen. An den drei

Wänden, die einen Teil der Terrasse umschlossen, waren tausend winzige Fackeln festgesteckt. Die einzige Seite der Terrasse, die nicht ummauert war, öffnete den Blick über ein Feld, über das sich mittlerweile die Dunkelheit gebreitet hatte. Maria konnte gerade noch so die Weinrebenreihen im gedämpften Licht erkennen.

Sie fing eine Bewegung aus den Augenwinkeln auf. Ein großer, dunkelhaariger Mann näherte sich. Sie schluckte tief bei dem Anblick, der sie verzaubert hielt.

Lisandro.

Sie hatte ihn noch nie in solch einem Glanz gekleidet gesehen. Selbst ihre vagen Erinnerungen an den Ball in Zarautz ließen sich nicht mit seiner Eleganz am heutigen Abend vergleichen. Seine langen Haare waren gewaschen, und er hatte sie mit einem schwarzen Samtstreifen zurückgebunden.

Die reinschwarze Abendjacke war perfekt mit einer Hose aus Wildleder und einem weißen Leinenhemd kombiniert. Das Gold seiner Weste passte zu ihrem Kleid. Sie unterdrückte ein Schmunzeln und erinnerte sich, dass keiner von ihnen an Zufälle glaubte.

Wer hat das wohl geplant?

Sie strahlte vor Freude, als sich Lisandro tief verbeugte. »Doña Maria, in diesem Kleid sind Sie eine wahrlich blendende Erscheinung.«

»Du siehst aber selbst sehr gut aus. Für einen Moment war ich mir nicht sicher, ob du es tatsächlich bist.«

Er bot ihr seinen Arm an, und sie spazierten hinaus zum Rand des Steinpflasters. Maria deutete auf die Reben. »Welche Art von Trauben baust du hier an?«

»Syrah. Sie sind ein dunkles Rot, ziemlich stark im Geschmack. Es ist eine ungewöhnliche Traube für diese Region, aber ich habe einen Gaumen, der einen vollmundigen Wein mag. Einige unserer lokalen Malaga und Sherrys sind nicht nach meinem Geschmack«, antwortete er.

Maria blickte sich um, um sicherzustellen, dass sie allein

waren. Sie beugte sich zu ihm und küsste ihn auf die Wange. »Ich wollte dich schon seit unserer Ankunft küssen. Ich habe vergessen, wie die Dinge sein würden, wenn wir wieder in der Gesellschaft sind.«

Er lachte leise. »Und hier stehe ich und glaube, dass du dich für den Wein interessierst. Du bist ein freches Mädchen. Komm her.«

Lisandro zog sie zu sich und nahm ihren Mund in einem sengenden Kuss. Seine Lippen bewegten sich mit träger Vertrautheit auf ihren. Sie stöhnte auf, als sich ihre Zungen trafen und miteinander tanzten.

Jemand räusperte sich laut, und der Kuss endete abrupt. Verlegen drehte Maria ihr Gesicht weg.

Es sind nicht mehr nur wir beide. Wir können vor anderen nicht unvorsichtig sein.

»Guten Abend, Mamá. Ich freue mich, dass Sie sich uns anschließen konnten.« Lisandro begrüßte seine Mutter.

Die Herzoginwitwe schnaubte. »Das bezweifle ich sehr. Oder sollte ich sagen, du wärst glücklicher gewesen, wenn ich mir mit meinem Auftauchen ein paar Minuten länger Zeit gelassen hätte.«

Maria wusste nicht, was sie mit sich selbst machen sollte. Die Versuchung, in die Dunkelheit zu fliehen und sich im Weinberg zu verstecken, war stark. Sie brachte ein wenig Abstand zwischen sich und Lisandro.

Dies war das erste Mal, dass jemand auf die romantische Beziehung zwischen Lisandro und ihr aufmerksam geworden war. Und obwohl es unvermeidlich war, dass sie irgendwann ihre Liebe offenbaren mussten, war dies sicherlich nicht die Art, wie sie es ihrer zukünftigen Schwiegermutter hatte zeigen wollen.

Mutter und Sohn wechselten einen Blick, dessen Bedeutung nicht klarer hätte sein können. *Bist du dir ganz sicher?*

»Ich beabsichtige, Maria zu meiner Herzogin zu machen«, sagte er.

Von der ersten Nacht an, in der Lisandro und sie ein Zimmer

in den Büros der RR Coaching Company in London geteilt hatten, war das ihr Schicksal gewesen. Als unverheiratete Frau von hoher, edler Geburt, konnte es kein anderes Ergebnis geben. Es spielte keine Rolle, dass sich zwischen ihnen nichts ereignet hatte. Um Marias Ehre zu retten, war die Ehe die einzig mögliche Lösung.

Sie hatte das gewusst, aber als sie diese Worte hörte, fühlte es sich zum ersten Mal real an. Er würde ihr gehören. Nichts konnte ihre Verbindung verhindern. Liebe und Schicksal hatten Hand in Hand gearbeitet, um sie bis zu diesem Tag zu bringen.

Doña Elena kam zu Maria und ergriff ihre Hand. Auf ihrem Gesicht lag der Hauch eines zaghaften Lächelns. »Mein Sohn ist ein guter Mann, und er wird dich heiraten, weil die spanische Gesellschaft und die Kirche es von ihm erwarten werden. Aber ich will die Wahrheit deines Herzens in dieser Angelegenheit wissen. Bedeutet dir Lisandro etwas?«, fragte sie.

»Ja. Ich liebe ihn«, antwortete Maria.

Es lag kein Zögern in ihrer Antwort. In jener Nacht auf der Straße, in Stephens Haus, da hatte sie gewusst, dass Lisandro ihr Herz hielt. Seitdem war ihre Liebe zu ihm jeden Tag stärker geworden.

»Ich bin froh, aber das löst noch nicht das Problem von Don de Elizondo und was er will. Wir alle wissen, dass, wenn er gegen die Ehe ist, seine Entscheidung diejenige sein wird, die zählt«, sagte Elena.

Maria wandte ihren Blick Lisandro zu. »Wenn wir uns entscheiden zu heiraten und mein Vater die Verbindung nicht unterstützt, dann müssen wir darauf vertrauen, dass die Kirche das tun wird.«

Sich gegen ihre Familie zu stellen und Lisandro zu heiraten, wäre der letzte Ausweg, aber sie war sich über ihre Entscheidung im Klaren. Wenn der Herzog von Tolosa wollte, dass sie seine Frau wurde, war sie bereit dazu. Familienfehde oder nicht.

Lisandro streckte ihr die Hand hin, und sie kehrte schüchtern zu ihm zurück. Sie konnte nur beten, dass ihr Vater den

Sinn in all dem sehen und schließlich der Feindschaft zwischen ihren Familien ein Ende setzen würde.

»Mach dir keine Sorgen um die Zukunft, Maria. Alles wird gut – ich verspreche es. Nach so einer langen Reise sind wir beide müde. Lasst uns heute Abend essen, trinken und die gute Gesellschaft genießen. Morgen sehen wir einen frischen Tag und einen Weg vor uns.«

»Aber was ist mit meiner Familie?«, antwortete sie. »Du hast versprochen, ihnen eine Nachricht zu schicken.«

»Ich habe kurz nach unserer Ankunft eine Nachricht an die Burg Villabona geschickt. Diego weiß, dass du in Sicherheit bist und zurück in Spanien, obwohl ich ihm gesagt habe, dass wir irgendwo auf der Straße von Bilbao sind. Ich wagte das Risiko nicht, dass jemand erfährt, dass du hier bist. Wir wissen immer noch nicht, wem man bei den Dienern und Freunden deiner Familie vertrauen kann.«

Ihre Familie anzulügen, konnte Maria nicht gutheißen, und sie war nicht glücklich darüber, diesbezüglich im Dunkeln gehalten zu werden. Ein privates Gespräch mit Lisandro gehörte zu ihren Plänen für den letzten Teil des Abends. Sie mochte zwar in ihn verliebt sein, aber Maria war dazu erzogen worden, eine eigene Meinung zu haben, und sie würde nicht untätig dabeistehen, während Lisandro einfach alle Entscheidungen in ihrem Leben traf.

Der heutige Abend galt dem Austausch von Ehrlichkeit und der Zustimmung zu den Bedingungen ihrer zukünftigen Ehe. Sie hatte den Verdacht, dass Lisandro nicht alles gefallen könnte, was sie von ihm verlangen würde.

Als Elena einige Stunden später die Terrasse verließ, genossen Lisandro und Maria ein paar ruhige Minuten. Der Abend war gut gelaufen. Als die Herzogin ihnen eine gute Nacht gewünscht und sich zurückgezogen hatte, war Maria sehr erleichtert zu wissen, dass sie den Segen dieser Frau hatte.

Lisandro nahm sein Weinglas und trank die letzten Tropfen.

Er lehnte sich in seinem Stuhl zurück und starrte hinaus in die Nacht. *Einen Penny für Ihre Gedanken, Don de Aguirre.*

Er erhob sich von seinem Stuhl und kam zu ihr. Maria nahm seine angebotene Hand an und kam auf ihre Füße. Sie sank in seine Umarmung, als Lisandro seine Arme um sie schlang.

»Du musst müde sein, meine Liebe«, sagte er.

Sie hob ihren Blick und lächelte ihn an. »Ein wenig, aber ich bin mehr in der Stimmung für ein privates Gespräch mit dir. Wenn du willst.«

Er kniff die Augen zusammen. »Und wo möchtest du diese Diskussion führen? Hier draußen auf der Terrasse oder ...«

»Du hast versprochen, mir dein riesiges Bett zu zeigen.«

Als sich die Sorgenfalten zwischen seinen Augen tiefer eingruben, lachte Maria leise. Sie legte eine Hand auf seine Weste und spielte mit den Knöpfen. Einer ging auf, und sie schob einen Finger darunter. Das feine, dünne Leinen seines Hemdes schuf kaum eine Schicht zwischen ihrer Hand und den Haaren auf seiner Brust. Ein zweiter Finger gesellte sich zu dem ersten, und sie strich streichelnd über den Stoff. »Bring mich in dein Zimmer.«

Lisandro protestierte nicht.

Kapitel Vierundzwanzig

So hatte er sich das Ende dieser Nacht nicht vorgestellt. Lisandros Pläne hatten einen angenehmen Abend mit Maria und Elena auf der Terrasse beinhaltet, dann eine solide Nachtruhe in seinem übergroßen Bett. Er sehnte sich danach, unter die Laken zu schlüpfen und seinen Kopf auf das weiche Kissen zu legen. Der Schlaf war ihm fast fremd geworden.

In dem Moment, als Maria den ersten seiner Knöpfe geöffnet hatte, hatte er gespürt, dass sie andere Vorstellungen hatte. Solche, in denen es nicht darum ging, ihn allein schlafen zu lassen.

Aber Lisandro war nicht ohne seine eigenen Überraschungen.

Er nahm Maria bei der Hand und führte sie in sein privates Quartier und in das Schlafzimmer mit seinem Ahnenbett.

»Oh! Das ist riesig«, rief sie.

Hoffentlich ist das nicht das einzige Mal, dass du die Größe von etwas an diesem Abend zu schätzen weißt.

»Möchtest du dich in dein Zimmer zurückziehen?«, bot er an.

Ihr Griff um seine Finger festigte sich. Sie war bis zu diesem Moment lächelnd und tapfer gewesen. Jetzt spürte er ihr plötzliches Zögern. Ihre Unsicherheit.

Es war einige Jahre her, dass Lisandro selbst noch jungfräulich gewesen war, aber er konnte sich noch an die Gefühle der Beklommenheit erinnern. Sich Sorgen zu machen, ob man der Aufgabe gewachsen wäre. Er konnte sich vorstellen, dass für Maria diese Emotionen noch größer wären.

Sein erstes Mal war ein angenehmes Tummeln mit einer erfahrenen älteren Frau gewesen. Es hatte keine Auswirkungen für ihn gegeben, als es zu einem geflüsterten Geheimnis unter den Hausangestellten wurde, dass der zukünftige Herzog seine Unschuld verloren hatte. Sogar sein Vater hatte ihm privat dazu gratuliert, dass er ein Mann geworden war.

Für Maria war der Einsatz allerdings höher.

Wenn sie ihm etwas bedeutete, musste er ihr einen Ausweg geben. Eine Chance, die Dinge zu überdenken und zu warten. So sehr er Maria begehrte, wenn er seine Zeit abwarten müsste, bis sie verheiratet waren, wäre das kein allzu großes Opfer.

Ich bin kein Biest, das seine niedrigsten Bedürfnisse nicht beherrschen kann. Außerdem möchte ich, dass sie sich wohlfühlt, wenn die Zeit gekommen ist. Sie soll wissen, dass sie durch das Ehegelübde geschützt ist.

Sie ließ seine Hand los und wanderte zum Bett. Ihre Finger strichen über die Decke aus goldener und silberner Seide. Als sie sich wieder zu ihm umdrehte, lag Entschlossenheit auf ihrem Gesicht. »Ich will es. Ich will dich heute Abend, Lisandro. Mach mich zu deiner.«

Er zögerte und bot ihr mehr Zeit an. »Du hast gesagt, dass du reden willst. Vielleicht sollten wir das jetzt vor allem anderen tun.«

Sie seufzte. »In Ordnung, lass uns reden. Ich war enttäuscht, dass du Diego benachrichtigt hast, ohne mir zu sagen, was du ihm sagen würdest. Wenn wir heiraten, kannst du keine Geheimnisse vor mir haben. Ich muss in der Lage sein, einige Rechte in meinem Leben zu haben, und eines davon muss das Recht sein, angehört zu werden.«

Lisandro war es so gewohnt, Entscheidungen allein zu treffen, dass er einfach vergessen hatte, Marias Wünsche zu berücksichtigen. Er würde diese Gewohnheit überwinden müssen. »Verzeih mir dieses Versehen. Maria, ich möchte, dass du eine Stimme in unserer Ehe hast. Du bist eindeutig nicht dazu erzogen worden, eine stille Partnerin zu sein oder dich vollständig dem Willen deines Mannes zu unterwerfen. Es wird einige Zeit dauern, bis ich lange tief verwurzelte Verhaltensweisen verändert habe. Ich bitte nur darum, dass du geduldig mit mir bist.«

Nach dem, was er bereits über Maria wusste, war Geduld keine Tugend, die sie in großen Mengen besaß. Sie würden eine Ehe führen, deren Grenzen häufig von zwei starken Individuen ausgetestet werden würden. Er wäre ein Narr, diese Verbindung einzugehen, wenn er glaubte, dass es anders wäre.

Trotzdem wollte er eine Frau, die ihn herausforderte. Eine Frau, die weder sanft noch mild zu sein bereit war. Maria würde ihn dazu drängen, die Art von Mann zu werden, die er sein könnte, sollte, und sie würde neben ihm durch dick und dünn gehen. Genau da, wo er sie haben wollte.

»Danke. Ich weiß, dass ich kein einfacher Mensch bin, mit dem man leben kann. Du kannst meinen Bruder fragen, wenn du ihn das nächste Mal siehst. Was ich bin, ist eine Frau, die dich liebt, Lisandro. Ich will mit dir den Rest meines Lebens verbringen. Um deine Kinder zu gebären und das Herzogtum derer von Tolosa weiterzuführen.«

Nachdem er Marias Erklärung gehört hatte, wusste Lisandro, dass es nur noch eine Sache für ihn zu tun gab. Er ging zu der hohen Kommode, die gegenüber an der Wand stand, und kehrte mit einem kleinen Samtbeutel zu ihr zurück, dass er aus einem Kästchen in der obersten Schublade geholt hatte.

Er kniete auf dem harten Holzboden und ergriff ihre Hand. »Maria Isabella de Elizondo Garza, würdest du mir die größte Ehre erweisen und meine Frau werden? Meine Herzogin?«

Tränen standen in ihren Augen. »Ja. Mein Vater wird mir wahrscheinlich nie verzeihen, aber ja.«

Sie beugte sich vor und legte einen weichen, zarten Kuss auf seine Lippen. Lisandro griff nach oben und wischte eine verirrte Träne weg. »Ich bin sicher, dass der Herzog von Villabona sich an den Gedanken gewöhnen wird. Er liebt dich; er wird seine einzige Tochter nicht von sich weisen.«

Aus dem Beutel nahm er einen Ring. Ein einzelner, heller Smaragd saß in der Mitte. Es war ein unbezahlbares Juwel, das aus den königlichen Minen von Kolumbien nach Spanien gekommen war. Lisandro steckte den Ring auf Marias Finger und küsste dann ihre Hand.

»Jetzt brauchen wir nur noch einen Priester und den Segen der Kirche«, sagte sie.

Er hatte versprochen, ehrlich zu ihr zu sein, und mit ihrer Verlobung war es Zeit für ihn, diesem Vorhaben gerecht zu werden. Er kam auf die Füße. »Ich werde morgen nach Villabona reisen und mit deinem Vater sprechen. Unter anderem werde ich ihn um deine Hand bitten.«

Sie runzelte die Stirn. »Ich stelle fest, dass du ›Ich‹ und nicht ›Wir‹ gesagt hast.«

»Du und ich werden gemeinsam bis zum Kloster St. Casilda außerhalb von Irura reisen«, sagte er. »Ich will nicht, dass du hierbleibst, nur für den Fall, dass mir etwas zustößt. Das Kloster liegt auf dem Weg nach Villabona. Wenn die Dinge gut laufen und ich in der Lage bin, die Rädelsführer deiner Entführung zu entlarven und sie verhaften zu lassen, kann ich schnell zurückkehren und dich zu deiner Familie bringen.«

Seine größte Sorge war das Risiko für Marias Sicherheit, sollte er plötzlich mit ihr vor dem Haus ihres Vaters stehen. Wer auch immer hinter ihrer Entführung steckte, könnte sich ruhig verhalten und beschließen, auf eine weitere Gelegenheit zu warten, um die Familie Elizondo anzugreifen.

Er musste den Feind aus seinem Versteck herauslocken, damit dieser sich offenbarte. Und um das zu tun, musste er sich selbst in Gefahr bringen.

»Bist du sicher, dass dies der einzige Weg ist?«, fragte sie. »Ich meine, ich lehne deinen Plan nicht ab. Es ist nur der Gedanke, dass dir etwas zustoßen könnte, der mich mit Angst erfüllt.« Der Verlobungsring steckte seit gerade mal einer Minute an ihrem Finger, und sie klammerte sich bereits daran fest.

»Ich werde nichts Unüberlegtes tun. Außerdem wissen sie nicht, wo du bist, also wird wahrscheinlich niemand versuchen, mich zu töten, bevor sie dich gefunden haben.«

»Ich glaube nicht, dass mein Vater versuchen würde, dir zu schaden, Lisandro. Du hast vielleicht eine Ahnung von seiner Politik, aber ich kenne ihn als Mann. Ihr beide seid einander gar nicht so unähnlich.«

Lisandro würde sein Vertrauen in die Ehre und den wahren Charakter von Antonio Elizondo setzen müssen. Sein Leben hing davon ab.

»Nun, nach dem morgigen Tag werden viele Dinge geklärt sein. Hoffentlich werden wir an diesem Tag auf unsere Verlobung anstoßen. Entweder das, oder ich werde möglicherweise in Ketten sitzen.«

Kapitel Fünfundzwanzig

All dieses Gerede von Verschwörungen und Plänen ließ Maria denken, Lisandro könnte wollen, dass sie ging und ihn schlafen ließ, damit er für den bevorstehenden schicksalhaften Tag bereit wäre.

Er schob eine Hand um ihre Taille und zog sie zu sich. Maria keuchte, als die Härte seiner Erektion gegen ihren Magen drückte.

»Letzte Chance. Du kannst diesen Raum jetzt verlassen, und wir können warten, bis wir verheiratet sind, bevor wir miteinander schlafen.«

Maria war sich ihrer Entscheidung sicher gewesen, bevor sie geredet hatten; jetzt war sie unnachgiebig. Lisandro würde Castle Tolosa nicht verlassen, ohne sie zu seiner Frau gemacht zu haben.

Sie strich mit einer Hand über die Ausbuchtung in seiner Hose, nahm ihn dann in ihren Griff und drückte sanft. »Ich höre, dass ich das tun soll. Ist es so richtig?«

Er atmete tief ein und flüsterte: »Maria, ja.«

Ein langer, warmer Kuss war ihre Belohnung dafür, dass sie ihm Vergnügen bereitete. Sie stöhnte, während ihre Lippen und Zungen miteinander tanzten. Für einen starken, mächtigen

Mann war er überraschend zärtlich, wann immer es darum ging, sie zu küssen.

Seine Hände arbeiteten sich bis zum Oberteil ihres Kleides vor, dann nach hinten, wo es geschnürt war. Er zog an einem der Bänder, und sie wartete darauf, dass es sich lösen würde. Mit einem Brummen der Enttäuschung versuchte er es erneut.

»Diese Dinge sind ziemlich fest geschnürt«, sagte er.

»Tut mir leid, dass ich nicht daran gedacht habe, sie zu lockern.«

Es war schwer, an etwas anderes als ihre Nerven und ihr schnell schlagendes Herz zu denken.

Sie zog sich zurück, drehte sich um und legte ihre Hände auf den Rand des Bettes. »Hilft das?«

Einen Moment lang herrschte unerwartete Stille. Sie blickte über ihre Schulter und sah, wie er auf ihren Hintern starrte. Als sich ihre Blicke trafen, grinste er. »Ich habe mich gerade an die Nacht erinnert, in der wir dich gerettet haben, und ich musste dich aus dem Haus tragen, indem ich dich über meine Schulter warf. Bei all dem Chaos hatte ich gar keine Gelegenheit, zu wertschätzen, wie großartig dein *trasero* ist, also verzeih mir, wenn ich einen Moment lang genieße.«

Maria schmunzelte. Seine eher unhöfliche Bemerkung war genau das, was sie brauchte. Sie stand kurz vor einer Panikattacke, und Humor erwies sich als das perfekte Gegenmittel.

Starke Arme legten sich um sie und hoben sie vom Bett weg. Lisandro setzte eine Spur warmer, zarter Küsse auf ihren Hals. Sie zitterte bei dem berauschenden Gefühl, das durch ihren Körper strich, als er ihre Haut berührte.

»Hab keine Angst. Ich werde dich in allen Dingen beschützen«, sagte er.

»Selbst jetzt?«

»Ja, ganz besonders jetzt.«

Vom ersten Tag an, als sie in London zusammen gewesen waren, hatte Lisandros ehrliche Natur sowohl Marias Hass als auch ihr Misstrauen ihm gegenüber überwunden. Innerhalb weniger Tage hatte sie bereitwillig ihren Glauben und in der Tat ihr Leben in seine Hände gelegt.

Sich ihm heute Abend zu schenken, war der ultimative Akt des Vertrauens.

Sie griff hinter sich und suchte nach den Bändern ihres Kleides. Ihre Finger packten das kürzeste Ende und zog daran. Lisandro trat schnell in die Rolle einer Zofe und lockerte geschickt den Rest.

Die kühle Nachtluft küsste ihren Rücken, als er das Kleid aufzog und das Oberteil nach unten schob. Instinktiv hielt sie den Stoff fest und somit ihre Brüste bedeckt, als sie sich ihm zuwandte.

»Lass los, ich will dich sehen. Alles von dir«, flüsterte er.

Maria atmete tief und zitternd ein, als Lisandro ihre Hände ergriff und sie vom Oberteil wegzog. Als er einmal kurz und heftig zog und der Stoff zu ihren Füßen glitt, protestierte sie nicht. Sie war nackt; nur ihre Schuhe blieben.

Ihre Brustwarzen verhärteten sich. Unbekleidet vor Lisandro zu stehen, ließ ihren Puls rasen. Maria senkte ihren Blick, zu schüchtern, um ihn anzusehen. Mit den Händen auf ihre Taille gelegt, kniete Lisandro vor ihr nieder.

Ganz leicht legte er seine Finger um eine ihrer Brüste, beugte sich vor und zog eine der harten Knospen in seinen Mund. Das Gefühl ging ihr direkt ins Herz. Als er saugte, schloss sie die Augen, ihr Atem stockte. »Oh, Lisandro«, keuchte sie.

Ihr Verstand hatte kaum Zeit, die Empfindung seiner festen Lippen auf ihrer Brustwarze zu verarbeiten, als er einen Finger in ihre nasse Hitze schob und zu streicheln begann. Marias Welt schwankte. Es war zu viel zu ertragen.

Bitte hör nicht auf. Ich brauche deine Berührung.

Langsam verwöhnte er sie, bis sie sich in einem Zustand schluchzenden, schmerzenden Begehrens fand. Ihre Finger gruben sich in seine Schultern und packten ihn fest. Der Mann war ein Meister darin, genau zu wissen, wie man den Körper einer Frau berühren musste.

Lisandro löste seine Lippen von ihrer Brust. Er richtete sich ein wenig auf und streichelte sie weiter.

»Das ist es. Ich möchte, dass du so kommst, Maria. Es wird die Dinge einfacher machen, wenn ich dich nehme«, flüsterte er.

Sie war nicht in der Lage zu reden. Alles, was sich ihr Geist und ihr Körper vorstellen konnten, war, den irdischen Höhepunkt zu erreichen. Sie spürte, dass er nur ein oder zwei Berührungen seiner Finger entfernt war.

Er rollte mit dem Daumen über ihre empfindliche Spitze, und sie stürzte in einen blendenden Orgasmus und löste sich auf. Zu ihrer Erleichterung hörte er nicht auf. Stattdessen verlangsamte er das Tempo und fuhr fort, sie zu streicheln, während sie langsam wieder zu sich kam.

Maria stand noch unter dem Bann ihres Höhepunktes, als Lisandro sie auf das Bett hob und mit fast gottähnlicher Geschwindigkeit schnell seine Kleidung ablegte. Als er zu ihr zurückkehrte, erhaschte sie ihren ersten Blick auf seinen vollständig nackten Körper. Ihr Mund klappte beim Anblick seiner aufgerichteten Männlichkeit auf.

Sie hatte die Pferde auf den Feldern in der Nähe ihres Hauses gesehen, wusste um die Grundlagen dessen, was geschah, wenn ein Hengst eine heiße Stute fand. Aber es waren Tiere, und ihre Mutter hatte ihr nie erlaubt, zu verweilen und zuzuschauen, was tatsächlich passierte, wenn das gut bestückte männliche Pferd endlich seinen Weg fand.

Lisandro grinste sie ermutigend an. »Hab keine Angst. Ich werde dafür sorgen, dass es gut für dich ist.«

Sie war sich nicht so sicher, angesichts der Größe dessen, was da auf sie zeigte.

Du bist nicht die erste Frau, die ihren Körper mit einem Mann teilt. Versuch einfach, dich zu entspannen.

Er kroch auf das Bett und erhob sich über sie. Er nahm ihre Hand in seine, legte sie auf seinen Schwanz und hielt sie dort fest. Maria schlang ihre Finger um den Schaft.

»Beweg jetzt deine Hand nach oben und unten. Streichle

mich, wie ich es mit dir getan habe. Zuerst langsam. Hör auf meinen Atem und entscheide selbst, wie schnell oder langsam du machen solltest.«

»Gut, aber lass es mich wissen, wenn ich es nicht richtig mache«, sagte sie.

Zu ihrer Überraschung fand sie schnell einen stetigen Rhythmus und hörte Lisandro bald leise fluchen. Als er stöhnte und ihren Namen flüsterte, spürte sie, dass er sich seinem Höhepunkt näherte.

Sie hielt mit ihren Bewegungen inne und nahm die Hand weg. Als er sich an ihrem Eingang positionierte, schloss sie die Augen.

Die Empfindung, als er in ihren Körper eindrang, war seltsam. Es gab einen Moment des Drucks, dann war es vorbei. Er zog sich zurück und schob sich dann tiefer hinein. Als Maria erkannte, dass er vollständig in ihr war, steigerte Lisandro bereits sein Tempo.

Jedes Mal, wenn er in sie stieß, wollte sie, dass er tiefer ging. Die Wellen des Vergnügens begannen sich erneut aufzubauen, und Maria ergriff seine Hüften und spornte ihn an. Alles, woran sie denken konnte, war, wie sehr sie wollte, dass er sie härter nehmen würde.

»Lisandro, o Gott, das fühlt sich so gut an«, schluchzte sie.

Er schob eine Hand zwischen sie und strich mit dem Daumen um ihre Knospe. Immer schneller bearbeitete er sie mit seinen Fingern und seinem Schwanz. In ihrer wachsenden Verzweiflung nach Erlösung krallte sie ihre Fingernägel in seinen Hintern.

Maria schrie, als sie einen Höhepunkt erlebte, der ihre Seele prägte. Lisandro hämmerte in einem letzten Rausch in sie, bevor er einen Schrei ausstieß und auf ihr zusammenbrach.

»Oh, Maria. Ich werde nie genug von dir bekommen. Ich liebe dich.«

Sie hielt ihn fest. »Ich liebe dich, und das ist für immer.«

Kapitel Sechsundzwanzig

Sie liebten sich noch einmal mitten in der Nacht, und dann wieder kurz vor der Morgendämmerung. Lisandro hatte geplant, Maria nach dem ersten Mal in Ruhe zu lassen, um ihrem Körper eine Chance zu geben, sich zu erholen, aber sie wollte es nicht zulassen.

Das letzte Mal, als er sie genommen hatte, hatte sie sich vor ihm über den Rand des Bettes ausgestreckt, während er sie von hinten nahm. Er hatte versucht, sanft zu sein, aber als Maria ihn anflehte, sie hart und schnell zu nehmen, konnte ein Mann nur einmal Nein sagen, bevor er seinen Grundbedürfnissen nachgab. Er liebte den Klang von Marias Schrei, als er tief in sie stieß und sie ihren Höhepunkt erreichte.

Der Morgen war schon halb vorbei, als sie sich schließlich aus dem Bett rührten.

»Ich werde die Glocke für etwas frisches, warmes Wasser läuten. Wir müssen uns anziehen und etwas essen, bevor wir uns heute Morgen auf den Weg machen.« Lisandro warf seine Beine über die Seite des Bettes und stand auf. Verspielt schlug er die gierigen Hände seiner Verlobten weg. Wenn Maria ihn wieder in die Finger bekäme, hätte sie jede Chance, eine weitere Runde Sex zu fordern – und zu bekommen.

Dieses Luder könnte mein Tod sein.

Maria stützte sich auf ihre Ellbogen, als Lisandro seinen Morgenmantel an der Taille zusammenband. Er riskierte einen Blick auf ihre Brüste und freute sich, dass sie sich in seiner Gegenwart wohlfühlte, nackt zu sein.

Er schluckte und kämpfte gegen die Versuchung. Es wäre so einfach, sie herumzurollen und ihre Beine erneut zu spreizen.

Und sie würde mich gewähren lassen.

»Kann ich nach deinen Narben fragen?«

Ihre Worte rissen ihn aus seinen lustvollen Gedanken. Er hatte nicht damit gerechnet, dass die Narben ein Gesprächsthema sein würden. Er war so an sie gewöhnt, dass er sie kaum noch bemerkte.

»Ich habe mir die meisten von ihnen während des Krieges eingehandelt, ein paar in den letzten Jahren«, antwortete er. »Nicht jede Mission läuft nach Plan. Tatsächlich tun es nur wenige jemals. Wenn man es mit gefährlichen Menschen zu tun hat, vor allem mit solchen, die Messer und Pistolen tragen, kommt es in der Regel zu Verletzungen.«

Maria kletterte vom Bett und kam an seine Seite. Er beugte sich vor und gab ihr einen leichten, liebevollen Kuss. Es ließ sein Herz flattern, sie in seiner Nähe zu haben und zu wissen, dass sie so entspannt mit ihm war. Sie waren ein Paar.

Als sich ihre Hand sanft auf seine Brust legte, entdeckte Lisandro den Verlobungsring.

»Ich denke, der Ring passt perfekt zu dir«, sagte er.

Sie hob eine Augenbraue bei seinem offensichtlichen Versuch, das Thema zu wechseln. Was ihn anbelangte, so war Maria bereits genug Gewalt und Gefahr ausgesetzt gewesen. Sie brauchte nicht all die verrückten Dinge zu wissen, die ihm passiert waren.

Ein weiblicher Finger zeichnete eine Linie entlang der Narbe, die von seiner linken Schulter zur Mitte seines Rückens lief – das Ergebnis eines Kampfes mit einem Stück losem Metall an der Seite eines Gebäudes, anstatt mit einem Messer.

»Der Ring ist wunderschön, und ich werde ihn mit Stolz tragen. Aber ich möchte mehr über dich wissen, über dein Leben«, sagte sie.

»Gut. Wähle eine Narbe, und ich werde versuchen, mich daran zu erinnern, woher ich sie habe.«

Sie berührte die hässliche Narbe auf Lisandros Arm, und er knirschte mit den Zähnen. »Erzähl mir von dieser hier.«

»Ich nenne das meine Anweisungsnarbe. Es war eine schmerzhafte Lektion, warum man nie einem verrückten Engländer zuhören sollte, wenn er gefährliche und rücksichtslose Pläne schmiedet. Wir versuchten, das Pulvermagazin in Fort de Guesclin in der Bretagne in die Luft zu sprengen. Ich bekam eine heiße Kugel für mein Engagement.«

Die Erinnerungen an jene Nacht verfolgten ihn immer noch. Jeder, der sagte, dass eine Fleischwunde keine Qual sei, hatte nie wirklich eine erlitten. Selbst wenn er darüber nachdachte, zuckte er zusammen.

Als Maria eine andere von Lisandros Narben berührte, ergriff er sanft, aber fest ihre Hand.

»Du musst verstehen, dass es einige Dinge gibt, die ich niemals mit dir teilen kann. Narben, die ein Rätsel bleiben müssen. Es ist kein Vertrauensproblem, wohlgemerkt, Maria. Es liegt daran, dass es dein Leben in Gefahr bringen könnte, wenn du die Geheimnisse dahinter kennst. Wir müssen an die Zukunft und unsere Kinder denken.«

Sie nickte. »Verstehe. Es gibt Dinge, von denen ich weiß, dass mein Vater und mein Bruder sie sowohl meiner Mutter als auch mir vorenthalten. Sie tun es nicht aus Bosheit, sondern um uns davon abzuhalten, Informationen zu haben, die uns Schaden zufügen könnten.«

Er war dabei, in das Haus eines Mannes zu gehen, den er kaum kannte und dem er ganz sicher nicht traute. Der Herzog von Villabona hatte seine eigenen Geheimnisse, und zum ersten Mal fragte sich Lisandro, was genau sie sein mochten.

»Als wir auf der Jacht waren, sprachen wir ein wenig über die politische Situation hier und über deinen Vater. Was wir nicht im Detail besprochen haben, war meine eigene Geschichte. Ich möchte, dass du verstehst, dass ich König Ferdinand zwar geholfen habe, nach Spanien und auf seinen Thron zurückzukehren, es mir aber jetzt schwerfällt, seine Herrschaft zu unterstützen. Was er denen antut, die frei sprechen wollen, widerspricht meinen Werten als treuer spanischer Patriot«, sagte er. Es würde nie eine Zeit geben, in der Maria nicht die Tochter ihres Vaters war, aber sie hatte sich ihm verpflichtet. Sie musste alle Unterschiede ausgleichen, die zwischen den beiden Männern in ihrem Leben bestehen könnten.

»Und du weißt, dass mein Vater aus der Gnade gefallen ist. Die Tatsache, dass die Familie Elizondo keine Einladung zur königlichen Hochzeit in Madrid erhielt, sollte ausreichen, dass dir klar ist, dass der König uns den Rücken gekehrt hat«, entgegnete sie.

»Ferdinand ist ein Mann, der einen Groll hegen kann, aber vielleicht wird er eines Tages deinen Vater noch einmal anlächeln. Wer weiß?«

Maria begegnete seinem Blick. »Ich denke, dass die Dinge zwischen ihnen irreparabel zerbrochen sein könnten. Papá sprach sich gegen einige der Verhaftungen aus, die kürzlich stattfanden. Als er versuchte, die Frage der Wiederherstellung einiger der Befugnisse der Verfassung anzusprechen, warf König Ferdinand beide Schuhe auf meinen Vater und sagte ihm, er solle nie wieder in den königlichen Palast zurückkehren.«

Lisandro hatte Gerüchte über den Vorfall mit den Schuhen gehört, aber es auf eine übertriebene Geschichte zurückgeführt. Nun machte er sich Sorgen. Schuhe zu werfen, war ein schweres Zeichen von Beleidigung.

Ein Schauder lief ihm über den Rücken. War der Plan überhaupt jemals gewesen, das Lösegeld anzunehmen und sie freizulassen?

Übelkeit drohte. Was wäre gewesen, wenn er in dieser Nacht nicht in die Taverne gegangen wäre? Hätte er den Engländer verpasst und die Notiz nicht gefunden? So viele Dinge hätten schiefgehen können, und Maria wäre vielleicht nie gefunden worden.

»Lisandro?«

Er ballte seine Hände zu Fäusten. Die Vorstellung, dass er sie vielleicht nie kennengelernt und ihre Liebe gewonnen hätte, drohte ihn mit Verzweiflung zu überwältigen. Diese Frau war immer sein Schicksal gewesen.

»Ich liebe dich. Egal, was heute passiert, du musst wissen, dass du mein Herz immer halten wirst.« Lisandro zog Maria zu sich und hielt sie fest.

Sie legte ihre Arme um ihn und schmiegte ihren Kopf an seine Brust. »Ich liebe dich auch. Und wegen unserer Liebe weiß ich, dass wir Erfolg haben werden.«

Sie hielten einander eine Zeit lang, ohne zu sprechen. Lisandro durchlief den Plan in seinem Kopf und weigerte sich, die hundert Wege oder mehr in Betracht zu ziehen, an denen sein Vorhaben scheitern könnte. Oder was es sie heute kosten könnte.

Wir werden nicht versagen. Heute werden die Guten und Gerechten gewinnen.

Kapitel Siebenundzwanzig

Maria gelang es, den Rest des Morgens und für die kurze Fahrt zum Kloster der Heiligen Casilda Ruhe zu bewahren. Zu sagen, dass die Äbtissin überrascht war, den Herzog von Tolosa und die Tochter des Herzogs von Villabona vor ihrer Haustür zu sehen, wäre eine Untertreibung gewesen.

»Ich werde zu deinem Zuhause reiten und mich deinem Vater vorstellen. Wenn es gut läuft, kehre ich heute Nachmittag wieder hierher zurück. Wenn es ein Problem gibt, werde ich versuchen, eine Nachricht zu senden«, sagte er.

Sie wischte Tränen weg, entschlossen, nicht zusammenzubrechen. »Diego wird uns nicht enttäuschen.«

»Das hoffe ich. Unser Leben kann davon abhängen.«

Die Reaktion ihres Bruders auf Lisandros geheime Nachricht in der vergangenen Nacht war in dieser letzten Phase der Rettung von entscheidender Bedeutung. Die Dinge waren bereits in Gang gesetzt, und Maria konnte nur beten, dass Diego gut vorbereitet zu dem Treffpunkt kommen würde.

Lisandro klopfte auf die Seite seines Mantels. Darunter trug er eine geladene Pistole; eine zweite hatte er sich an sein Bein geschnallt. Sie hatte auf dem riesigen Bett in Lisandros Zimmer gesessen und beobachtet, wie er sich ankleidete. Neben den

Pistolen waren drei kleine Messer unter seiner Kleidung versteckt. Die einzige offensichtliche Waffe war sein zeremonielles Schwert, das am Gürtel um seine Taille hing. Wenn jemand versuchte, Lisandro zu entwaffnen, würde er in den Kampf seines Lebens geraten.

Sie wollte dort sein und neben ihm stehen, wenn er sich mit ihrem Vater traf, aber sie verstand, dass der beste Platz für sie ein Ort war, wo sie beschützt werden konnte. Wenn die Dinge nach Plan liefen und die Bösewichte, die ihr Schaden zufügen wollten, entlarvt wurden, würde es eine Zeit geben, in der sie Gerechtigkeit suchen könnte.

Lisandro ging zu seinem Pferd, und Maria folgte ihm. Sie umarmten sich ein letztes Mal, und er schenkte ihr einen zarten Kuss.

Sie starrte in seine braunen Augen und betete, dass es nicht zum letzten Mal sein würde. »Du kommst zu mir zurück, Lisandro de Aguirre. Ich bin noch nicht fertig mit dir.«

»Ich verspreche es. Wir haben eine Hochzeit zu planen und ein Leben zusammen zu verbringen.«

Er bestieg sein Pferd, wandte den Blick von ihr ab und sah zum vorderen Tores des Klosters. Mit einem »Ja« grub er seine Fersen in die Seiten des Pferdes und ritt schnell davon.

Maria betete, dass sie ihn wiedersehen würde.

Kapitel Achtundzwanzig

L isandro schaute nicht zurück, als er durch das Tor des Klosters hinausritt. Er hatte die Tränen in Marias Augen gesehen, und falls in Kürze alles außer Kontrolle geriete, war er entschlossen, dass seine letzte Erinnerung an sie nicht Traurigkeit sein würde.

Heute werde ich beanspruchen, was mir gehört, und diejenigen, die versucht haben, Maria zu schaden, werden dafür bezahlen.

Es war ein wenig mehr als zwei Meilen vom Dorf Irura zum Schloss Villabona. Im Galopp schaffte sein Pferd den gewundenen Bergpass innerhalb einer Viertelstunde. Doch als er die Hauptstraße erreichte, zog Lisandro an den Zügeln und verlangsamte sein Tempo. Sein Blick suchte den sich schlängelnden Weg vor ihm ab.

Bäume standen vereinzelt an dem steilen Hang zu seiner Linken, während auf der anderen Seite der Straße das üppige grüne Grasland abfiel, bis es den Talboden erreichte. Lisandro kannte diesen Bergweg gut.

Wo seid ihr?

Er drängte sein Pferd vorwärts. Hinter einer Biegung sah er eine Gruppe von Männern auf sich zukommen. Er hielt seinen Atem an.

Als sie näher kamen, hob der Mann mit der Kapuze an der Spitze der Gruppe seine Hand. Als die sich beiden Parteien trafen, trotteten die Pferde nur noch.

»Der Engländer wurde heute Morgen im Dorf gesehen, und Perez traf sich mit ihm. Er spielt natürlich immer noch den Unschuldigen, aber nachdem Ihre Nachricht letzte Nacht erhalten wurde, fielen die Schuppen schließlich von den Augen meines Vaters, und auch ich konnte es sehen«, sagte Diego.

Maria und er hatten Bilbao gerade rechtzeitig verlassen.

Gott sei Dank habe ich ihn vor der Kathedrale gesehen. Er muss Spione gehabt haben, die die Stadttore beobachtet haben.

Der schicksalhafte Sturm hatte ihnen wahrscheinlich das Leben gerettet, da Wicker sie im wütenden Regen nicht einholen konnte.

»Gut, also Antonio weiß jetzt, dass er Perez nicht vertrauen kann. Maria ist im Kloster der Heiligen Casilda, in Irura. Wenn sie kommen, um sie zu holen, zögern Sie nicht zu schießen«, entgegnete er.

Diego nickte und ritt weiter, seine schwer bewaffneten Männer folgten. Der Klang der Metallschwerter begleitete das Geräusch der Hufe auf der Straße. Lisandro stieß einen erleichterten Atemzug aus. Maria würde in Sicherheit sein.

Jetzt war es an ihm, eine Ratte aus ihrem Loch zu locken.

Schloss Villabona ragte vor ihm auf, als Lisandro die Spitze des kleinen Hügels erreichte. Es war kein so großartiger Bau wie sein eigenes Zuhause, was ihm Anlass zu einem geheimen Lächeln gab.

Am Eingang des Schlosses ergab er sich den bewaffneten Wachen und wurde in Gewahrsam genommen. Seine Pistolen, sein Schwert und die meisten seiner Messer wurden beschlagnahmt. Das Messer, das er an seinen Rücken geschnallt hatte, blieb erfolgreich versteckt.

Er wurde mit einer gezückten Waffe in den großen Empfangssaal des Schlosses geleitet. Der Herzog von Villabona erhob sich von seinem Stuhl.

Lisandro verneigte sich tief und respektvoll. »Don de Elizondo.«

Als er sich aufrichtete, fiel sein Blick auf den Mann, der rechts von Marias Vater stand. Ein gut gekleideter Herr, den er sofort für den doppelzüngigen Señor Perez hielt.

El canalla.

Mit seinem grauen Haarschopf sah Señor Perez sogar etwas wie eine Ratte aus. Als er seinen Blick auf Lisandro verengte, wusste dieser, dass er seine Aufmerksamkeit hatte.

Perez' selbstbewusstes Auftreten gab Lisandro einen Moment der Klarheit. Die arrogante Art, wie er sich hielt, deutete darauf hin, dass er jemand war, der mehr als fähig war, etwas so Böses wie die Entführung der Tochter seines Herrn zu organisieren und zu meistern.

Lisandro konnte sich gut vorstellen, was in diesem schlauen, kalkulierenden Gehirn vor sich ging. Perez fragte sich wahrscheinlich, wie er diese unerwartete Begegnung zu seinem Vorteil nutzen könnte.

»Warum steht der Feind meiner Familie in meinem Haus?«, verlangte Antonio de Elizondo zu wissen.

Lisandro begegnete seinem Blick und antwortete kühl: »Ich habe Ihre Tochter, und ich möchte, dass Sie mir ein Lösegeld zahlen, bevor ich überlege, ob ich sie zurückgeben sollte.«

Mehrere der Menschen, die sich im Raum versammelt hatten, schnappten schockiert nach Luft. Das Gesicht von Marias Vater blieb jedoch wie versteinert.

»Das ist eine Beleidigung!«, bellte Perez.

»Nenn es, wie du willst. Ich will hunderttausend Pesos, sonst behalte ich sie.« Lisandro wollte nicht dasselbe verlangen wie die Entführer, weil er befürchtete, dass es zu viele Fragen in Perez' Kopf auslösen würde.

Der Herzog von Villabona stürmte wütend zu Lisandro und

starrte ihn an. »Und was wirst du meiner Tochter antun, wenn ich das Lösegeld nicht zahle?«

Lisandro unterdrückte ein Grinsen. Maria hatte sich eine überraschende Anzahl Dinge ausgedacht, die er ihr im Bett antun könnte, als sie besprochen hatten, was er in diesem Moment sagen sollte, aber er behielt sie weise für sich.

»Ich habe mich noch nicht entschieden. Sie zu ruinieren, klingt nach einem guten Anfang. Niemand, am allerwenigsten Graf Juan Delgado Grandes, wird sie berühren wollen, nachdem ich meinen Willen gehabt habe. Sie wird verdorben sein. Verschmutzt. Nennen Sie es, wie Sie wollen«, antwortete er. Kühl begegnete er dem Blick von Antonio de Elizondo. »Vielleicht könnte ich sogar meinen Bastard in ihren Bauch stecken.«

Das Gesicht des Herzogs verzog sich in einen Ausdruck reiner Wut. Seine Wangen wurden tiefkarmesinrot. Er schüttelte die Faust vor Lisandros Gesicht. »Gott wird dich dafür niederschlagen, Don de Aguirre. Die Pforten der Hölle werden dich in ihrer feurigen Grube willkommen heißen.«

»Bezahlen Sie das Lösegeld oder lassen Sie mich gehen. Meine Männer haben Anweisungen, Maria zu töten, wenn ich nicht bei Einbruch der Dunkelheit zurückkomme.«

Señor Perez trat an die Seite des Herzogs und beugte sich vor, um mit ihm zu sprechen. »Geben Sie ihn mir für eine Stunde in die Kerker, Don de Elizondo. Ich werde alle Informationen bekommen, die wir brauchen, um Doña Maria zu retten. Ich schwöre bei meinem Leben, ich werde nicht ruhen, bis sie sicher zu Hause ist.«

Lisandro sah ihn mit unverhüllter Verachtung von Kopf bis Fuß an. *Nur noch ein bisschen, du dreckiger Verräter. Tritt nur weiter in die Falle.*

»Ergreift ihn. Bringt ihn in die Zellen und bringt ihn zum Reden. Foltert ihn, wenn es sein muss«, sagte der Herzog.

Die Wachen kamen und ergriffen Lisandro grob. Er wurde aus dem Zimmer gezerrt und in die Verliese geworfen. Die solide eiserne Tür wurde hinter ihm zugeschlagen.

Mit dem Rücken gegen die unverputzte Ziegelwand der Zelle gelehnt, starrte er auf die Tür und wartete. »Komm schon, Señor Perez«, flüsterte er.

Die Falle war gestellt. Jetzt blieb nur noch, dass seine Beute einen letzten Bissen leckeren Käse knabberte, und er würde zuschlagen.

Kapitel Neunundzwanzig

Señor Perez enttäuschte ihn nicht. Innerhalb von Minuten öffnete sich die Zellentür, und der Bedienstete und Freund der Familie erschien. Lisandro war nicht überrascht, als der Mann sofort die beiden Wachen entließ, die ihn begleitet hatten.

»Ich werde alles, was ich brauche, aus Don de Aguirre herausholen. Wenn ich mit ihm fertig bin, wird er betteln, mir alles sagen zu dürfen, was ich wissen will«, sagte er.

Die beiden Männer nickten und gingen zurück die Steintreppe hinauf, die Tür schlug hinter ihnen zu.

»Wer sind Sie?«, fragte Lisandro.

Señor Perez drückte den Rücken durch und plusterte sich auf. *Jetzt geht es also los. Er lässt mich wissen, für wie wichtig er sich hält. Die Feststellung, wer gerade das Sagen hat.*

Dies war nicht Lisandros erstes Mal in einer Gefängniszelle – noch war es das erste Mal, dass er verhört wurde. Sir Stephen Moore hatte während des Krieges viele Stunden damit verbracht, Lisandro beizubringen, wie man mit einer Befragung umging.

»Ich bin Señor Perez. Ich diene seit dreißig Jahren treu der Familie Elizondo. Das ist alles, was Sie wissen müssen, Don de Aguirre«, antwortete er.

Dies war der perfekte Auftakt für Lisandro. Wenn sein Verdacht richtig war, wäre die Verlockung von Geld und Macht über die Familie Elizondo zu groß für Perez, um ihr zu widerstehen.

»Schade. Denn wenn ich das Lösegeld von Don de Elizondo bekomme, bin ich in der Lage, mir neue Freunde zu kaufen. Freunde, die helfen könnten, den König zu unterstützen. Und wir alle wissen, dass König Ferdinand gerne Loyalität belohnt.«

Perez öffnete die Augen weit. Ein Ausdruck von Unsicherheit erschien auf seinem Gesicht, was Lisandro sehr gefiel. Es war klar, dass, was auch immer er von seinem Gefangenen erwartet hatte, es nicht das Angebot gewesen war, seinen Arbeitgeber zu verraten.

Lisandro wartete geduldig. Er wusste, wie der Verstand eines berechnenden, egoistischen Verräters funktionierte. Er hatte während des Krieges genug von solchen Männern kennengelernt.

»Wollen Sie mir sagen, dass der Herzog von Villabona der Krone nicht treu ergeben ist?«, fragte Perez schließlich.

Ein halbes Schulterzucken war Lisandros Antwort. Er ging vorsichtig vor, um den Mann in die Falle zu ziehen. »Ich denke, wir wissen beide, dass Don de Elizondo aus der Gunst Seiner Majestät gefallen ist. König Ferdinand ist keiner, der einen Mann direkt bestraft; er bevorzugt subtilere Wege. Gleichzeitig erhebt er andere still und heimlich zu Positionen der Macht und des Einflusses. Und es gibt immer Platz für Männer, die bereit sind, die unangenehme Arbeit zu erledigen, die die Krone erfordert.«

Ich glaube nicht, dass ich noch offensichtlicher sein kann, also um Himmels willen, nimm den Köder.

Señor Perez hatte begonnen, im Verlies auf und ab zu gehen. Als er zu Lisandro zurückkehrte, strich er sich langsam mit den Fingern durch seinen von grauen Strähnen durchzogenen Bart. »Was bieten Sie an?«

In seinem Kopf konnte Lisandro die Ränder der Falle sehen.

Er war sicher, wenn er nur seine Hand ausstreckte, könnte er sie berühren.

»Geld genug, um sich eine Villa in Madrid zu kaufen und ein paar schöne Kleider, die Sie am königlichen Hof tragen können. Aber was noch wichtiger ist, ich kann eine Rolle für Sie arrangieren, wo Sie mit Menschen zu tun haben würden, die Seiner Majestät nahestehen. Sie sollten ein Mann mit Macht und Einfluss sein. Helfen Sie mir hier raus, und ich kann Ihnen alles geben.« Lisandro verfinsterte seinen Blick und wies mit einem trägen Finger auf sein Gegenüber. »Oder habe ich Sie etwa falsch gelesen, und Sie sind stattdessen damit zufrieden, für den Rest Ihrer Tage nur der Diener eines Edelmanns zu sein?«

Ein schlaues Grinsen erschien auf Perez' Lippen. Aus seiner Jackentasche zog er ein Messer heraus. Er hielt es vor Lisandro. »Es ist ein verlockendes Angebot, aber was ich wirklich wissen will, ist, wo Maria de Elizondo festgehalten wird. Ich weiß, du wärst nicht so dumm, sie in deinem Zuhause hocken zu lassen. Sobald ich sie und das zweite Lösegeld habe, kann ich dich hier verrotten lassen.«

Lisandro lachte leise. »Sie sind genau die Art Mann, die der König braucht, um seine Feinde zu kontrollieren. Kalt und rücksichtslos. Sie ist im Kloster der Heiligen Casilda in Irura. Sie sollten sich beeilen, wenn Sie sich Maria schnappen wollen. Oh, und wenn Sie das Geld von Antonio de Elizondo bekommen können, dann soll es Ihnen gehören. Ferdinand wird mich mit viel mehr belohnen als nur Geld, sobald ich seine Feinde zu Fall bringe.«

Perez zögerte einen Moment. »Was meinst du damit?«

Lisandro lächelte ihn langsam an, als der Sieg winkte. »Sie haben nicht wirklich geglaubt, dass Sie der Einzige sind, der gegen Don de Elizondo vorgeht, oder? Er wird es nicht wagen, Hand an mich zu legen, wenn ich ihm sage, dass ich direkt dem König unterstellt bin. Tatsächlich wird er darum betteln, mich freizulassen.«

Er bewegte beiläufig seine Hand auf den Rücken und kratzte

sich dort. Perez' Blick folgte der Bewegung, hielt sich aber nicht daran fest. Er sah nicht, wie Lisandro den Griff seines Messers in seine Hand fallen ließ. Wenn sein Gegner ihn erstechen wollte, wäre er bereit.

»Wie gut Sie hier rauskommen, liegt ganz allein bei Ihnen«, sagte Lisandro.

»Wachen! Öffnet diese Tür!«, rief Perez.

Señor Perez bewegte sich schnell nach draußen, und das Klirren des Bolzens, der zurückgeworfen wurde, hallte bald in der Zelle wider.

Die erste Phase von Lisandros Plan war abgeschlossen. Diego und seine Männer müssten jetzt ihren Teil dazu beitragen.

Er legte seine Hände zusammen und begann mit gesenktem Kopf zur Jungfrau Maria zu beten. »*Ave María llena eres de gracia.*«

Bitte wiege Maria in Sicherheit.

Kapitel Dreißig

Das erste seiner Gebete wurde kurze Zeit später beantwortet. Die Tür seiner Gefängniszelle öffnete sich, und durch sie trat der Herzog von Villabona.

»Perez ist vor nicht einmal zehn Minuten aus dem Schloss geritten. Die Wachen informierten mich, dass er nach links abbog und auf das Dorf zuhält. Ich gehe davon aus, dass er den Engländer aufsuchen wird.«

Lisandro nickte. »Ich habe ihm gesagt, wo Maria ist. Ich bin auf dem Weg hierher an Ihrem Sohn vorbeigekommen, sodass er und seine Männer bereit sein sollten, Perez und den Engländer zu empfangen, wenn sie das Kloster erreichen.«

Der Herzog seufzte. Tiefe Sorgenfalten gruben sich in sein Gesicht.

Es war seltsam, Mitleid mit einem Mann zu haben, den er hassen sollte, aber Lisandro tat es. Er konnte gut verstehen, warum Marias Vater alt und gebrochen aussah. Seine einzige Tochter war seit fast zwei Monaten verschwunden, und vergangene Nacht dürfte das erste Mal gewesen sein, dass in ihm echte Hoffnung aufgekommen war, dass sie überhaupt noch am Leben war.

»Bin ich immer noch Ihr Gefangener, Don de Elizondo?«, fragte er.

»Nein. Nach dem, was Diego mir gesagt hat, könnten Sie mein Retter sein. Kommen Sie, gehen wir nach oben und warten. Wenn Perez sich selbst treu bleibt, verschwendet er keine Minute damit, Wicker hinter Maria herzuschicken.«

~

Beim Geräusch von Pferdehufen rannte Maria zum Fenster im Obergeschoss. Im Schutz eines Vorhangs blickte sie nach unten. Ein halbes Dutzend Männer, alle auf andalusischen Grauschimmeln, versammelten sich im Innenhof des Klosters.

Sie biss sich auf die Unterlippe, während Angst durch ihre Adern floss. An ihren Mänteln und den Markierungen auf den Sätteln konnte sie erkennen, dass es die Männer ihres Vaters waren. Ihre Gedanken wirbelten vor tausend Sorgen. Was, wenn Diego das Schloss heute Nachmittag nicht verlassen hatte, ohne Señor Perez zu verdächtigen? Waren diese Männer vom Verräter geschickt worden, um ihrer wieder habhaft zu werden?

»Lisandro«, flüsterte sie.

Der Anführer der Gruppe stieg ab und wurde von der Äbtissin des Klosters begrüßt. Sie drehte sich um und zeigte auf das Fenster, hinter dem Maria stand.

Als die Kapuze seines Mantels zurückfiel, erblickte sie ihren Bruder. Er winkte ihr zu.

Diego.

Maria klammerte sich an den Vorhängen fest und fürchtete, sie könnte in Ohnmacht fallen. Er war hier. Der Plan funktionierte. Lisandro würde zu ihr zurückkehren.

Innerhalb von Minuten war Diego nach oben gelaufen und betrat das Zimmer. Er warf seine Arme um sie und hob sie hoch. »Oh, danke, lieber Gott. Oh, Maria, ich fürchtete, ich könnte dich nie wiedersehen.«

Er setzte sie wieder ab und nahm ihr Gesicht in die Hände.

»In unserem Zuhause hat an jenem Tag, an dem du verschwunden bist, das Leben einfach aufgehört. Mamá wandert unaufhörlich auf dem Anwesen herum, während Papá seine Tage damit verbringt, Briefe an alle möglichen Leute zu schreiben und um irgendeine Nachricht von dir zu bitten.«

»Wissen sie, dass ich in Sicherheit bin? Dass Lisandro mich gerettet hat?«, fragte sie.

»Das tun sie, obwohl ich nicht in der Lage war, mit unserer Mutter zu sprechen. Sie las die Notiz letzte Nacht und ging dann direkt in die Kapelle, um zu beten. Es gibt viele Gerüchte darüber, was mit dir passiert ist. Manche sagen, dass du an jenem Tag in Zarautz im Meer ertrunken bist.«

Sie schloss die Augen, kämpfte gegen die Tränen und verlor. Sie wollte nur nach Hause, um ihre liebe Mutter zu finden und ihr verängstigtes Herz zu beruhigen.

Aber es gab eine letzte Sache, die sie tun mussten, um den verräterischen Tumor aus dem Haus des Herzogs von Villabona zu schneiden.

»Hast du Lisandro auf dem Weg hierher gesehen? Er ist erst vor Kurzem aufgebrochen«, sagte sie.

Diego nickte. »Wir kamen auf der anderen Seite des Dorfes aneinander vorbei. Er weiß, dass Papá über den Plan informiert ist.«

Unten wurden die Pferde in die Stallungen des Klosters gebracht und dort versteckt. Die schwer bewaffneten Männer, die mit Diego gekommen waren, positionierten sich an verschiedenen Stellen rund um den Hof. Wenn jemand herkommen würde, um Maria zu holen, würden sie den Ort nicht lebend verlassen.

Die Äbtissin und die Nonnen verließen das Kloster über eine Hintertür, um sich in der nahen Kirche San Miguel in Sicherheit zu bringen.

Maria drehte sich zu ihrem Bruder um. »Wirst du wirklich Blut an einem heiligen Ort vergießen?«

»Das war nicht mein Plan«, antwortete er. »Lisandro hat dich hergebracht. Wenn ich auf die hohen Mauern und das befestigte Tor schaue, kann ich verstehen, warum. Ich möchte niemanden töten, aber wenn es dazu kommt, werde ich es tun.«

Diego und Maria gingen in den Innenhof, und ihr Bruder schickte einen seiner Männer auf die Spitze des Glockenturms, um über die Straße zu wachen, die von Villabona herführte. Solange Perez und seine Kumpane nicht beschlossen, über den hohen Berg zu kommen, war dies der einzige Weg nach Irura.

Während sie warteten, setzte sich Maria neben Diego. Sie nahmen sich bei den Händen und lächelten einander an. Diego schmunzelte. »Ich kann mir gut vorstellen, wie es ausgesehen haben muss, als der Herzog von Tolosa in den Hof von Schloss Villabona einritt. Wir müssen hoffen, dass niemand beschlossen hat, ihn umgehend zu erschießen.«

Maria zuckte zusammen und drückte seine Hand fest. Sie konnte es nicht ertragen, daran zu denken, dass Lisandro in Gefahr sein könnte. Nicht zu wissen, wo er war und was er durchmachte, war reine Folter.

»Du machst dir wirklich Sorgen um ihn, nicht wahr?«, fragte Diego.

»Ich liebe ihn, Diego. Ich werde Lisandro de Aguirre heiraten.«

Er ließ ihre Hand los und drehte sie zu sich herum. »Ich weiß, ich habe Lisandro zugestimmt, dass die Ehe eine Notwendigkeit sein könnte, wenn er dich finden würde, aber es gibt andere Möglichkeiten, wie wir unsere Verpflichtungen ihm gegenüber erfüllen können. Ein großer Sack voller Münzen könnte für Don de Aguirre eine Belohnung sein, anstatt deine Hand zu beanspruchen. Und dann könnte Vater einen kräftigen Brautpreis anbieten, um den Grafen von Bera dazu zu verleiten, dich zu heiraten.«

Maria stand auf. »Denkst du, ich will Lisandro nur aus Dankbarkeit heiraten? Nein. Und auch nicht, weil ich ihn als eine Art Held sehe – ungeachtet der Tatsache, dass er ein tapferer Mann ist. Ich heirate Lisandro, weil wir uns lieben, und wir haben uns einander verpflichtet. Ich werde keinen anderen heiraten, geschweige denn Juan Delgado.«

Diego verengte die Augen. »Was meinst du mit ›einander verpflichtet‹?«

Sie ließ Schweigen ihre Antwort sein. Diego stieß eine lange Reihe halb unterdrückter Flüche aus, die ihn alle exkommunizieren würden, sollte die Äbtissin es jemals herausfinden.

»Nun, ich erwarte nicht, dass Graf Delgado Grandes dir jetzt noch einen Antrag machen wird. Er verlor das Interesse, als du verschwunden bist. Wenn er entdeckt, dass du ohne Begleitperson mit Lisandro de Aguirre zusammen gewesen bist, wird das das Ende davon sein.«

Maria war es egal, ob sie Don Delgado nie wieder sah. Dem Mann war sie ohnehin egal. Er wollte nur Macht.

Ein lautes Pfeifen vom Glockenturm her setzte ihrer Diskussion ein abruptes Ende. Der Mann auf dem Aussichtspunkt signalisierte die Nummer drei mit seinen Fingern. Er bedeckte sein Gesicht mit den Händen und schüttelte den Kopf von einer Seite zur anderen.

Was bedeutete das?

»Drei Männer auf der Straße. Der Engländer mit dem vernarbten Gesicht ist einer von ihnen«, erklärte Diego.

Sie nickte. Natürlich. Lisandro hatte Mister Wicker offensichtlich in seinem Brief an Diego erwähnt.

»Du solltest besser reingehen. Wenn es irgendwelche Kämpfe geben sollte, will ich, dass es schnell vorbei ist. Ich lasse nicht zu, dass du so kurz vor deiner Heimkehr noch verletzt oder gar getötet wirst. Mamá würde mir nie verzeihen.«

Maria ging nach oben zu einem Fenster. Sie wollte den Mann, der für ihre Entführung verantwortlich gewesen war, sehen. Um endlich einen guten Blick auf ihn zu werfen.

Das Tor des Klosters glitt auf, und Wicker und seine Männer traten herein. Diegos Mann erschien hinter einem nahen Baum und verschloss den Eingang. Ein lautes Krachen ertönte durch den Innenhof. Der Rest von Diegos Wachen trat mutig mit gezogenen Pistolen aus ihren Verstecken, mit denen sie auf die Neuankömmlinge zielten.

Innerhalb von Sekunden hatten die beiden Männer, die Wicker begleiteten, ihre Schwerter niedergeworfen und fielen auf die Knie, die Hände aneinandergelegt, während sie um Gnade baten.

»Feiglinge«, spuckte Wicker.

Diego schlenderte aus der Vordertür des Klosters, seine Pistole zielte direkt auf Wickers Kopf. »Mein englischer Freund, du scheinst dich verlaufen zu haben, oder warum solltest du sonst in einem katholischen Kloster auftauchen?«

Maria hielt den Atem an.

»Ich besuche nur verschiedene Kirchen in der Region«, antwortete Wicker. Er trat einen Schritt zur Seite, und Diegos Pistole folgte der Begegnung. Der Engländer versuchte eindeutig, ihn zu testen. »Komm schon, Junge, leg das hin. Du willst nicht auf ein lebendes Ziel schießen. Du könntest jemanden verletzen.«

Damit stürzte Wicker nach vorn und direkt auf Diegos Pistole.

Es gab einen Knall, und eine kleine Rauchwolke stieg auf. Wicker ging in die Knie, bevor er mit dem Gesicht nach unten auf die Steine fiel. Sein Körper zuckte einmal heftig und lag dann still.

Maria legte eine Hand an ihren Mund. Der Engländer war tot.

Die anderen Männer wurden schnell in Eisen gelegt und durch das vordere Tor geführt. Sie hoffte, nie wieder einen von ihnen zu sehen. Für den Rest ihres Lebens würde Maria nie verstehen können, warum Wicker es getan hatte. Hatte er damit gerechnet, dass ihr Bruder nicht den Mut haben würde, den Abzug zu drücken?

Sie eilte nach unten, wo ein deutlich erschütterter Diego auf Wickers leblosen Körper starrte. Blut sickerte langsam unter seiner Leiche hervor und färbte den Boden rot.

Als sie sich näherte, trafen sich ihre Blicke. Diego schüttelte den Kopf.

»Du hattest keine Wahl. Es hieß entweder er oder du«, sagte sie.

Er holte zitternd Luft. »Ja, ich weiß. Aber ich habe gerade einen Mann getötet, und es wird einige Zeit dauern, ehe ich das verkraftet habe.«

Maria legte sanft eine Hand auf den Arm ihres Bruders. Es würde eine Zeit und einen Ort für eine tröstliche Umarmung geben, aber das war nicht jetzt. »Lass mich dein Pferd holen, Diego. Es ist Zeit für uns, nach Hause zu gehen.«

Kapitel Einunddreißig

Es herrschte eine unheimliche Stille, als Diego seine Männer irgendwann am Nachmittag in den zentralen Innenhof des Schlosses Villabona führte. Wickers Körper war über den Rücken des letzten Pferdes in der Gruppe geworfen und festgebunden worden.

Maria, die hinter ihrem Bruder auf seinem Pferd saß, spürte, dass etwas Schreckliches passiert war.

Die Diener ergriffen still die Zügel des Pferdes, und Diego sprang hinunter. Er drehte sich um und hob Maria auf den Boden. Sie schwankte unruhig auf ihren Füßen und akzeptierte seinen Arm als Stütze.

Ich bin zu Hause. Aber was ist hier passiert? Bitte Herr, lass es nicht bittersüße Trauer sein.

»Es gab Zeiten, da dachte ich, ich würde diesen Ort nie wiedersehen«, flüsterte sie.

Diego blinzelte Tränen weg. »Wie wir auch«, sagte er, und seine Stimme brach.

Die eigentümliche Stille folgte ihnen nach oben und in den großen Salon. Wo gewöhnlich eine Menge Diener und Familie versammelt waren, wartete nur ihr Vater.

Bei seinem Anblick stürzte sie sich quer durch den Raum in seine Umarmung. Starke Arme umhüllten sie und hielten sie fest.

»Meine süße Tochter. Oh, Maria, ich fürchtete, wir hätten dich verloren.«

Seine Hand strich ihr übers Haar, während er sie wiegte. Über seine Lippen floss ein Dankgebet. »*Gracias, Dios, por todas tus bendiciones. Gracias. Gracias.*«

Sie zog sich zurück, Tränen verschleierten ihre Sicht. Die Sorge, das Schicksal seiner Tochter nicht zu kennen, stand ihrem Vater ins Gesicht gemeißelt. Er war Jahre in den Monaten gealtert, seit sie ihn zuletzt gesehen hatte.

Er lächelte sie an. »Und zu denken, dass wir dem Herzog von Tolosa für deine sichere Rückkehr danken müssen.«

Maria konnte nicht länger an sich halten. »Wo ist Lisandro?«

Sein warmes Lächeln wurde breiter. »Draußen auf der Terrasse mit deiner Mutter. Letzte Nacht, als wir herausfanden, dass du noch am Leben und sogar ganz in der Nähe bist, ging sie zu unserer Familienkapelle und hielt die ganze Nacht Mahnwache. Es war der einzige Ort, an den sie sich von Señor Perez fernhalten konnte.«

Diego kam an ihre Seite. »Mamá war besorgt, dass sie nicht in der Lage sein würde, sich zu beherrschen, wenn sie ihn sehen würde. Sie war ganz dafür, ihn mit einem Schwert zu durchbohren.«

»Nachdem Don de Aguirre enthüllt hatte, wo du bist, ging Perez direkt zu dem Engländer und sagte es ihm. Du hättest sein Gesicht sehen sollen, als die Wachen ihn nach seiner Rückkehr ergriffen und in dieselbe Zelle warfen, die der Herzog von Tolosa erst kurz zuvor verlassen hatte«, erzählte ihr Vater.

Maria legte ihre Hände zusammen. Lisandro hatte recht gehabt. Er hatte die Falle gestellt, und der verräterische Perez war direkt in sie hineingegangen. »Es fällt mir immer noch schwer zu glauben, dass er uns verraten konnte. Was wird mit ihm geschehen?«

»Er wird Gerechtigkeit erhalten. Ich werde darum bitten,

dass der Heilige Hermandad in meinem Namen Fürbitte einlegt. Sie werden Perez verhören und ihn dann vor Gericht stellen. Wenn König Ferdinand wirklich hinter deiner Entführung steckt, wird er sich sicherlich von solch einem abscheulichen Verbrechen distanzieren. Ich gehe davon aus, dass Perez seinen letzten Tag im Puerta-de-Toledo-Gefängnis verbringen wird.«

Ihr Herz öffnete sich für ihren Vater. Zu entdecken, dass sein langjähriger treuer Diener sich gegen ihn gewandt und die Familie Elizondo verraten hatte, musste verheerend gewesen sein. Señor Perez hatte sich für Geld und Macht statt für Loyalität entschieden.

Sie wandte sich an Diego. Trotz all seiner Tapferkeit schien Diego immer noch sehr erschüttert von dem, was er getan hatte. Das Leben eines Mannes zu nehmen, war keine Kleinigkeit.

»Nach dem, was im Kloster passiert ist, brauchst du vielleicht etwas Zeit für dich, genauso wie Papá. Ich werde zu Mamá gehen.«

Mit langsamen, zielgerichteten Schritten ging Maria auf die Terrasse. Äußerlich wirkte sie ruhig, aber im Inneren zitterte sie.

In dem Moment, in dem sie in den Nachmittagssonnenschein trat und den geliebten Rosengarten ihrer Mutter erblickte, erhoben sich lang unterdrückte Emotionen wie eine Flutwelle und spülten über sie hinweg. Mit einem scharfen Herzschmerz sank Maria auf die Knie und schlang ihre Arme fest um ihren Oberkörper. Sie weinte untröstlich.

»Maria!«

Hektische Füße näherten sich, und dann legten sich Arme um sie. Ihre Sinne nahmen den vertrauten Duft des Parfüms ihrer Mutter auf. Die Noten von Rose, Orangenblüte und Jasmin waren alles, was sie brauchte, um endlich zu wissen, dass sie wahrhaftig zu Hause war.

Zu Hause.

Es dauerte lange, bis sie die Kraft aufbrachte, den Kopf zu heben und ins Gesicht ihrer Mutter zu blicken. In jenen frühen, dunklen Tagen, als sie in den Händen ihrer Entführer gewesen war, war das Versprechen, den Weg zu ihrer Mutter zurückzufinden, Marias Fels gewesen. Der Gedanke, sie wiederzusehen, war ihre größte Quelle der Hoffnung gewesen.

»Mamá«, flüsterte sie, und ihre Stimme brach.

»*Mi niña hermosa.*«

Maria lächelte. Sie mochte eine erwachsene Frau sein, aber für ihre Mutter wäre sie immer ihr schönes Mädchen.

»Du hast versprochen, zu deiner Familie zurückzukehren. Dieses Versprechen ist jetzt erfüllt«, sagte Lisandro.

Maria blickte auf, als er an ihre Seite kam. Ihre kaum abklingenden Tränen flossen sofort erneut. »Ja, und du warst derjenige, der mir geholfen hat, nach Hause zu kommen.«

Wunder waren etwas, an das zu glauben sie erzogen worden war, und jetzt hatte sie mehrere von ihren eigenen Wundern. Sie war zu Hause, wieder bei ihrer Familie. Und der Mann, den sie liebte, war hier.

»Mama, ich sehe, du hast Lisandro kennengelernt.«

Ihre Mutter nickte. »Ja. Obwohl ich immer noch nicht glauben kann, dass es der Herzog von Tolosa war, der den ganzen Weg nach England reiste, um dich zu retten.«

Lisandro streckte eine Hand aus und half der Herzogin beim Aufstehen. Dann trat er einen Schritt zurück und grinste Maria an. »Brauchst du meine Hilfe, oder ist das ein weiterer dieser Momente, von denen du mir erzählt hast? Du weißt schon, dass du dazu seit deiner Kindheit fähig bist?«, neckte er.

Der Mund ihrer Mutter öffnete sich zu einem kleinen *O*, aber Maria lachte einfach.

»Du wirst mir niemals erlauben, diese Bemerkung über die Andalusier zu vergessen, oder?« Sie nahm seine ausgestreckte Hand an und fiel ihm dann in die Arme, sobald sie aufrecht stand. Er protestierte nicht, als sie einen weichen Kuss auf seine Wange legte. Je eher ihre Familie die wahre Natur ihrer Beziehung mit Lisandro verstand, desto besser.

Zum fragenden Blick ihrer Mutter nickte sie. »Ich habe zugestimmt, Lisandro zu heiraten.«

Lisandro wurde rot und räusperte sich. »Ich hatte diesen Teil noch nicht ganz erreicht. Ich dachte, es wäre besser, damit zu warten, bis du mit Diego zurückgekehrt bist, ehe ich das Thema anschneide.«

Sie schenkte ihm einen zweiten Kuss, diesmal auf die Lippen. Vor wenig mehr als einer Stunde hatte sie einen Mann sterben sehen. Und nach allem, was sie durchgemacht hatte, war Maria entschlossen, dass das Leben zum Leben da war. Sie wollte keine weitere Minute damit verschwenden, darauf zu warten, ihr neues Leben als Lisandros Frau zu beginnen.

Die Herzogin legte ihre Hände zusammen. Auf ihren Lippen saß ein kleines Lächeln, aber ihre Augen glänzten vor Freude. »Nun, Don de Aguirre, dann darf ich Ihnen vorschlagen, mit meinem Mann zu sprechen. Denn wenn Sie planen, die Hand unserer Tochter in der Ehe zu erbitten, sollten Sie vielleicht zuerst etwas tun, um der Fehde zwischen unseren Familien ein Ende zu setzen.«

Maria und Lisandro tauschten ein Lächeln aus. Hand in Hand folgten sie der Herzogin zurück ins Schloss. Es war an der Zeit, den langjährigen Streit beizulegen, der einst wegen eines Paares Ziegen begonnen hatte.

Kapitel Zweiunddreißig

So hatte er es sich nie im Leben vorgestellt, um die Hand einer Frau zu bitten, aber angesichts der Art von Tag, den er bereits hinter sich hatte, entschied Lisandro, dass er es einfach durchziehen sollte. Außerdem endete nicht jeden Tag eine hundertjährige Fehde.

Ich hoffe, es geht zu Ende.

In der Privatsuite des Herzogs von Villabona saßen um den Tisch herum Maria, der Herzog und die Herzogin und Diego. Vor ihnen lag ein gealtertes Stück Pergament.

Er hatte das Dokument nie zuvor gesehen, aber er wusste von seiner Existenz und welcher Sache seine Vorfahren zustimmten, als sie es unterzeichnet hatten. Ein Abkommen, das sie später gebrochen hatten.

Der Herzog deutete auf eine gekritzelte Zeile. »Sie können deutlich sehen, dass es in den Bedingungen des Vertrages war. Ein Vertrag, den die Familie Aguirre nicht erfüllt hat.«

»Papá«, sagte Maria.

»Nun, das ist einfach so«, sagte er.

Lisandro hob seine Hand. »Wenn ich darf? Ja, diese Bedingungen sind im Vertrag festgelegt. Meines Wissens wurde mein Ururgroßvater, der Herzog von Tolosa, zutiefst vom Herzog von

Villabona beleidigt, als sich dieser unwillkommen seiner Gemahlin näherte. Das war der Grund, warum der letzte Teil des Deals nicht eingehalten wurde.«

Der Herzog schnaubte. »Ja, nun, ich habe gehört, dass sie ziemlich willig war.«

»Papá!«, rief Maria.

Lisandro reagierte nicht auf die Beleidigung seiner Familie. Auch er hatte diese Gerüchte gehört. Aber wenn sie jemals diese Fehde beilegen wollten, mussten beide Parteien Zugeständnisse machen. Es war lächerlich, dass die Dinge überhaupt so weit gegangen sind. Zwei sturköpfige Ururgroßväter hatten ihre Nachkommen dazu verurteilt, eine sinnlose Fehde aufrechtzuerhalten, die so leicht hätte gelöst werden können, wenn sie bereit gewesen wären, vor all diesen langen Jahren ihren sturen Stolz mal kurz zu vergessen.

»Don de Elizondo, möchten Sie sich für das Verhalten Ihres Großvaters entschuldigen?«, sagte Lisandro. Ruhig begegnete er dem Blick des Herzogs.

»Werden Sie den Vertrag erfüllen?«

Sie tauschten einen Blick − eine stille Übereinkunft, dass diese Diskussion mehr bedeutete als nur die Beilegung eines alten Streits. Es war der Beginn einer wertvollen und vertrauenswürdigen Freundschaft.

Sie würden tun, was sie konnten, um diesen Teil Spaniens vor den Machenschaften des Königs zu schützen. Männer wie Lisandro und Antonio mussten Stellung beziehen und Spanien davon abhalten, in einen blutigen Bürgerkrieg zu geraten.

»Ja. Ich werde den Vertrag erfüllen. Heute. Und genau an diesem Tag in jedem vor uns liegenden Jahr«, antwortete Lisandro.

»Nun, dann biete ich die formelle Entschuldigung meiner Familie für jede Straftat an, die der verstorbenen Herzogin von Tolosa und den nachfolgenden Generationen verursacht wurde«, verkündete der Herzog.

Lisandro erhob sich und bot Antonio seine Hand an. Dieser

akzeptierte, ohne zu zögern. Die alte Fehde war endlich vorbei. Überall am Tisch wurde gelächelt.

Lisandro nickte Maria zu, als er seinen Platz wieder einnahm. Sie strahlte ihn an. »Und jetzt, Don de Elizondo, möchte ich die Frage meiner Bitte um Marias Hand in der Ehe besprechen.«

~

Das Lächeln verschwand aus Antonios Gesicht. »Entschuldigen Sie bitte?«

Maria behielt ihr Lächeln auf dem Gesicht. Lisandro mochte Antonio in einer ungeschützten Flanke erwischt haben, aber das bedeutete nicht, dass er sich zurückziehen würde.

»Ich bat um die Hand Ihrer Tochter in der Ehe. Damit sie die Herzogin von Tolosa wird. Gibt es einen besseren Weg, die Fehde endlich zu beenden, als unsere beiden Familien zu vereinen?«, erwiderte Lisandro.

Antonios Blick fiel auf Maria. »Aber was ist mit Don Delgado Grandes? Ich dachte, du wolltest ihn heiraten.«

Niemals. Das war alles deine Idee. Ich mag den Mann nicht einmal.

»Da ihr beide euch über die Verlobung und die Mitgift nicht einigen konntet, glaube ich nicht, dass er immer noch daran interessiert ist, mich zu heiraten«, sagte sie. »Außerdem ... Ich war viele Wochen in Begleitung eines anderen Mannes von zu Hause weg. Du kannst dem Grafen nicht versichern, dass ich noch unberührt bin.«

Ihre Mutter schnappte nach Luft. Diego schlug auf den Tisch. Aber zu seiner Ehre zuckte Lisandro mit keiner Wimper.

Während Antonios Gesicht ausdruckslos blieb, bemerkte Maria, dass seine rechte Hand so fest zur Faust geballt war, dass die Knöchel weiß wurden. Gewalt ließ sich hier nicht ausschließen.

»Willst du das, Maria? Ich bin sicher, Don de Aguirre würde deine Ehre niemals infrage stellen, wenn du sein Angebot ablehnst«, entgegnete der Herzog, seine Stimme dunkel vor Bedrohung.

»Ja, das ist es, was ich will. Ich habe seinen Antrag bereits angenommen«, antwortete sie.

Maria hob ihre Hand, die sie unter dem Tisch gehalten hatte, und deutete auf den smaragdgrünen Verlobungsring. »Als ich Lisandro zum ersten Mal in London sah, dachte ich, er sei der Bösewicht, der mich entführt hatte. Ich tat, was du von einer pflichtbewussten Tochter erwarten würdest, und schlug ihm fest ins Gesicht. Ich brauchte Zeit, um ihm zu vertrauen, aber ich tat es. Und dann habe ich mich verliebt. Papá, das wird mehr eine Ehe sein als alles, was ich jemals mit Don Delgado hätte haben können. Ich bitte um deinen Segen.«

Antonio warf einen Blick auf Lisandro. »Hat sie Sie wirklich geschlagen?«

Lisandro nickte. »Ja, und meine Nase blutete. Meine Freunde mussten sie von mir wegziehen, bevor sie mich ein zweites Mal schlagen konnte.«

»Gut. Dann wissen Sie, dass meine Tochter Temperament hat und sich nicht einsperren lassen wird. Sie wird von Ihnen eine gleichberechtigte Partnerschaft in Ihrer Verbindung verlangen«, sagte Antonio.

»Ich habe dieser Bedingung bereits zugestimmt.«

Der Herzog von Villabona saß da und schüttelte langsam den Kopf. »Was für ein merkwürdiger Tag. So viele Veränderungen. Einige zum Schlechten, aber viele zum Guten. Ja. Sie dürfen meine Tochter heiraten.«

Mit einem begeisterten Ausruf sprang Maria auf die Füße und in Lisandros Umarmung. Es spielte keine Rolle, dass ihre Eltern und ihr Bruder immer noch in der Nähe saßen. Sie legte ihre Lippen auf seine und gab ihm den Kuss, den ihr Herz ihm geben wollte.

Kapitel Dreiunddreißig

✿

Burg Tolosa
Zwei Wochen später

»Ich schwöre, ich habe deinen Vater dabei erwischt, wie er während des Gottesdienstes eine Träne wegwischte«, sagte Lisandro.

Er stellte zwei Gläser Champagner auf einen Tisch in der Nähe und kletterte dann in die übergroße Holzbadewanne, um sich ihr anzuschließen. Maria legte ihre Beine um ihn herum, streckte die Hand aus und reichte ihm eines der Gläser, bevor sie ihr eigenes nahm.

Ihre Gläser klirrten aneinander.

»Er war während des Gottesdienstes sehr emotional. Es passiert nicht jeden Tag, dass ein Mann seine einzige Tochter zur Ehe hergibt«, erwiderte sie.

In der Nacht vor der Hochzeit hatten Maria und Antonio eine geraume, ruhige Zeit in seinem Arbeitszimmer verbracht. Es war ihr letzter Abend als ein Elizondo und als eine Bewohnerin von Schloss Villabona gewesen. Ihr Vater hatte ihr mehrere Familienschmuckstücke geschenkt, zusammen mit einem Brief.

Der Brief war einer von denen, die er geschrieben hatte, um sie in die Kathedrale von Bilbao zu schicken und die Entführer anzuflehen, Marias Leben zu schonen. Sie hatte kaum zwei Absätze davon gelesen, bevor sie zusammenbrach. Jedes Wort sprach von der Liebe eines Vaters – etwas, das sich nie ändern würde, egal, wo sie war oder welchen Namen sie trug.

Lisandro küsste Marias Dekolleté. »Ich muss gestehen, ich mag deinen Vater. Er ist ein guter Mann. Was, wenn man bedenkt, dass ich dazu erzogen wurde, ihn zu hassen, eine ziemliche Umkehr meiner Meinung ist.«

»Ich weiß genau, dass er dich auch für etwas Besonderes hält. Sowohl er als auch Diego schätzen dich sehr.«

Sobald die Zeit reif war, würden sie ihr erstes Familientreffen auf Schloss Tolosa veranstalten, und sie würden die ganze Elizondo-Seite der Familie zusammen mit der Herzoginwitwe von Tolosa einladen.

Aber die nächsten Tage hatten sie ausschließlich für sich. Sie wollten sie allein in ihrem privaten Quartier verbringen, auf dem riesigen Bett picknicken, schlafen, Liebe machen und wieder schlafen. Das einzige Mal, dass jemand sie sehen würde, sollte sein, wenn die Diener ihnen Essen und mehr Wein brachten.

Lisandro nahm einen Schluck von seinem Champagner, bevor er das Glas abstellte. Maria legte den Kopf zurück, als er eine ihrer Brustwarzen in den Mund nahm. Er tauchte mit einer Hand in das Wasser und schob sie zwischen ihre Beine.

»Ich bin froh, dass wir uns für diese Wanne entschieden haben. Ich gehe davon aus, dass wir sie oft benutzen werden«, flüsterte er.

Sie keuchte leise, als er anfing, ihr Geschlecht zu streicheln. Ihre Hand zitterte und verschüttete etwas Champagner.

Er nahm ihr das Glas aus den Fingern und stellte es neben seins auf den Tisch. Maria erhob sich und setzte sich dann auf ihn, ihn ganz langsam Zoll für Zoll in sich aufnehmend. Mit ihrem Kopf an seine Schulter gelehnt, fuhr sie fort, süße Liebe mit ihrem Mann zu machen.

»Weißt du, wie ich immer gesagt habe, dass ich nicht an Zufälle glaube?«, fragte er.

Maria sammelte, was von ihren Gedanken übrig geblieben war. »Ja.«

Er stieß in sie hinein. »Ich glaube jedoch an das Schicksal. Von dem Abend an, als ich dich zum ersten Mal sah, wusste ich, dass du und ich zusammen sein sollten. Dass unsere Zukunft miteinander verflochten war.«

Sie hob den Kopf und starrte in das Gesicht des Mannes, der sie gerettet hatte. Der Mann, den sie liebte. »Ich war so enttäuscht, als ich entdeckte, wer du bist. Wütend auf dich, weil du du bist. Wie durfte dieser schöne und göttliche Mann, der vor mir stand, mein Feind sein?«

Ihre Lippen trafen sich zu einem zarten Kuss, während ihre Körper gemeinsam nach diesem Moment gemeinsamer Ekstase griffen.

»Ich liebe dich, Lisandro. Und bis zu dem Tag, an dem ich sterbe, werde ich immer dankbar sein, dass du über diesen Moment meiner Empörung hinaussehen und wissen konntest, dass wir ein Schicksal teilten.«

Am selben Abend glitt die *Night Wind* ruhig von der spanischen Küste weg und in die Weite des dunklen Kantabrischen Meeres hinaus. Ihr Hauptdeck war mit der üblichen Ladung geschmuggelter Güter gefüllt, die alle nach England fuhren. In einer versiegelten Kiste verpackt, um ihn vor Salz und Wasser zu schützen, lag ein handgewebter Cuenca-Teppich – ein besonderes Geschenk des Dankes und der Liebe von Maria und Lisandro.

Die Adresse war auf der Außenseite der Kiste markiert.

Master Toby Moore
C/- RR Coaching Company

82 Gracechurch Street
London, England

198

82 Gracechurch Street
London, England

Epilog

ünf Jahre später
Schloss Villabona

»Geh weiter.« Maria reichte das Seil ihrem Sohn und zeigte dann auf ihren Vater.

Der junge Esteban de Aguirre Elizondo blickte beunruhigt auf die beiden Ziegen, die ans Ende der Leine gebunden waren, bevor er versuchte, das Seil seiner Mutter zurückzugeben. Ein kurzes Auflachen kam von den Gästen, die auf einer Seite im Innenhof des Schlosses Villabona standen.

»Du musst deine Pflicht erfüllen und die Schulden bezahlen«, sagte Lisandro.

Esteban bewegte sich vorwärts, ein zögernder Schritt nach dem anderen. Zu Marias Erleichterung erhob sich der Herzog von Villabona von seinem Sitz und ging seinem Enkel entgegen, um ihn zu begrüßen. Er kniete vor dem Jungen.

»Was hast du da, Don Esteban?«, fragte Antonio.

Der Junge runzelte die Stirn. »Der Herzog von Tolosa ha... hat ...« Er wandte sich an seinen Vater.

Lisandro kam zu seinem Sohn und beugte sich zu ihm hinab.

»Der Herzog von Tolosa hat mich mit der Aufgabe betraut, unsere jährlichen Schulden zu bezahlen. Diese feinen Ziegen sollen dafür sorgen, dass es ein weiteres Jahr des Friedens zwischen unseren Familien gibt.«

Esteban übergab das Seil dem Herzog von Villabona, trat dann zurück und verbeugte sich. Zumindest kam er mit diesem Teil der Zeremonie zurecht.

Antonio klatschte mit Freude in die Hände. »So ein wunderbarer Anblick. Zwei Ziegen, mein Enkel und meine Enkelin. Oh, und mein Schwiegersohn.«

Lächelnd schüttelte Maria den Kopf. Das Kleinkind in ihren Armen zappelte und streckte die Hände nach ihrem Vater aus.

Lisandro stand auf und nahm seine hellblonde Tochter in die Arme. »Er wird mir nie verzeihen, oder?«

Nach fünf Jahren Ehe zog der Herzog von Villabona Lisandro immer noch sanft damit auf, dass dieser seine Tochter erst gerettet und dann geheiratet hatte.

»Du weißt doch, dass er dich heimlich liebt«, sagte sie. »Wie könnte er nicht? Du bist den ganzen Weg nach England gesegelt, um mich zu retten, dann kamst du zurück und hast diejenigen entlarvt, die den Elizondo-Clan zerstören wollten.«

Wenn jemandem eine Ziege oder zwei geschuldet wurde, war es Lisandro, aber die Tradition war inzwischen die perfekte Ausrede für eine große jährliche Party geworden. Menschen aus den umliegenden Dörfern versammelten sich auf der Burg Villabona, um als Freunde zu feiern. All die glücklichen Gesichter zu sehen, war mehr als tausend Ziegen wert.

Maria legte den Kopf an die Schulter ihres Mannes, und ihre Hand lag auf ihrem schwangeren Bauch. Es war immer gut, Schloss Villabona zu besuchen, aber es war nicht mehr ihr Zuhause. Als Herzogin von Tolosa führte sie ein geschäftiges Leben, zog Kinder groß und unterstützte ihren Mann.

Spanien durchlief ein schmerzhaftes Kapitel in seiner Geschichte, und den Frieden zu bewahren kostete viel von Lisandros und Antonios Zeit. Aber es würde sich lohnen, eine

Zukunft für ihre Familien aufzubauen und ihre Nation zu erhalten.

Jener schicksalhafte Tag am Strand von Zarautz schien inzwischen eine Ewigkeit her. In manchen Nächten wachte sie noch immer in blinder Panik auf, aber Lisandro war stets da, um sie zu beruhigen. Um sie wissen zu lassen, dass sie sicher und geliebt war.

Das Leben mit ihm war ein Segen, und Maria war für immer ihrem spanischen Herzog ergeben.

Vom italienischen Grafen verführt

Graf Nico de Luca ist mit Reichtum, Macht und einem verführerischen italienischen Körper gesegnet. Obwohl die Frauen ihn begehren, ist es Nico nie gelungen, die Liebe einer Frau zu erlangen.

Als er nach London reist, um seine Investitionen zu prüfen, wird er eingeladen, Weihnachten bei einer seiner Mieterinnen, der schönen jungen Witwe Isabelle Collins, zu verbringen.

Isabelle, die von ihrem verstorbenen Ehemann, einem spielsüchtigen Schurken, in ärmlichen Verhältnissen zurückgelassen

wurde, hat es nicht eilig, ihr Herz an einen anderen selbstbe-
wussten Mann zu verschenken.

Aber Nico ist sehr überzeugend und die leidenschaftlichen
Nächte in seinen Armen lassen Isabelle bald an ihrer Zukunft
zweifeln, die sie sich wünscht. Kann sie es riskieren, ihr zu
Hause aufzugeben, um noch einmal die Liebe zu finden?

Als Nico die schockierende Wahrheit über den Tod von
Isabelles Ehemann erfährt, wird ihm klar, dass er alles riskieren
muss, um Isabelles Herz zu gewinnen und endlich seinen Liebes-
fluch zu brechen.

Vom italienischen Grafen verführt

USA-Today-Bestsellerautorin Sasha Cottman wurde in England geboren und wuchs in Australien auf. Ihre Liebe zu diesen zwei Ländern hat in ihr die Lust am Reisen geweckt, die sie bisher in mehr als 30 Länder geführt hat. Ein Reiseführer liegt immer auf ihrem Stapel ungelesener Bücher. Sashas Romane spielen rund um die Regency-Zeit in England, Schottland und Europa.

www.sashacottman.com

Facebook Sasha Cottman Deutsch
Instagram Sasha Cottman Deutsch
Facebook Sasha Cottman
Instagram Sasha Cottman
TikTok

Bücher von Sasha Cottman

Historischer Liebesroman

DIE FAMILIE KEMBAL

Die Versuchung des englischen Marquis

DER HERZOG VON STRATHMORE

Der skandalöse Liebesbrief des Marquis

Eine verbotene Liebe für die Lady

Die Tochter des Herzogs

Meine Liebe, der Gentleman und Spion

Die Lady mit dem ungezähmten Herzen

Die Eiskönigin

Eine Braut, die sich nicht traut

Das betrogene Herz einer Lady

Ein schottischer Herzog zu Weihnachten

Der Lord und die Lady des Meeres

VERRUCHTE REGENCY ROGUES

Geküsst von einem skandalösen Lord

Gestohlen von einem verführerischen Herzensbrecher

Verführt von einem unwiderstehlichen Rake

Begehrt von einem berüchtigten Schmuggler

Geliebt von einem verruchten Duke

DIE EDLEN HERREN

Liebeslektionen für den Viscount

Ein Lord mit verruchten Absichten

Ein verführerischer Schurke für Lady Eliza

Unverhofft Duke

LONDONER LORDS

Verliebt in den belgischen Grafen

Dem spanischen Herzog ergeben

Vom italienischen Grafen verführt

Join my VIP readers for your FREE book

Regency London's wild child is about to meet her match...

If Lady Cecily Norris' parents are ashamed of her, they only have themselves to blame.

As a young girl, she was sent to live at a country estate along with other unwanted children of the *ton*. Her upbringing could only be described as unconventional and haphazard.

Cecily has now become a young woman both beautiful and wild at heart. Returning to London, she is determined to set her own rules for how she lives her life. As far as she is concerned, the *ton* and all its expectations for how a young unmarried woman should behave, can all go hang.

But she cannot fully escape her future, and her dismayed parents demand that she make a suitable and sensible marriage.

When Lord Thomas Rosemount trips over Cecily in a dark garden, he falls hard. His heart quickly follows.

In Thomas, Cecily encounters a man very different from those that she has lived with all her life. He is reliable, sensible, and dare she say a little boring?

But Thomas offers her something that she has never known before. A home and a future with someone who loves her.

Thomas knows it will take more than pretty words and a

kind heart to win Cecily's hand, and he will have to look deep inside himself to discover whether he is truly the man who can tame a Wild English Rose.

Join my VIP readers and receive your FREE copy of A Wild English Rose.

visit my website www.sashacottman.com

Englischsprachige Bücher

SERIES

The Kembal Family
The Duke of Strathmore
The Noble Lords
Rogues of the Road
London Lords

The Kembal Family

Tempted by the English Marquis

The Vagabond Viscount

The Duke of Spice

The Duke of Strathmore

Letter from a Rake

An Unsuitable Match

The Duke's Daughter

A Scottish Duke for Christmas

My Gentleman Spy

Lord of Mischief

The Ice Queen

Two of a Kind

A Lady's Heart Deceived

All is Fair in Love

Duke of Strathmore Novellas

Mistletoe and Kisses

Christmas with the Duke

A Wild English Rose

The Noble Lords

Love Lessons for the Viscount

A Lord with Wicked Intentions

A Scandalous Rogue for Lady Eliza

Unexpected Duke

The Noble Lords Boxed Set

Rogues of the Road

Rogue for Hire

Stolen by the Rogue

When a Rogue Falls

The Rogue and the Jewel

King of Rogues

The Rogues of the Road Boxed Set

London Lords

Devoted to the Spanish Duke

Promised to the Swedish Prince

Seduced by the Italian Count

Wedded to the Welsh Baron

Bound to the Belgian Count

Jessica Gregory schreibt freche, heiße „Rom Com"
Liebesromane. Sie mag es, wenn ihre starken Heldinnen die
Helden in die Knie zwingen. Sie hofft, eines Tages selbst auf
dem *Planet Milliardär* zu wohnen.

Jessica ist das Liebesroman-Pseudonym der USA Today
Bestsellerautorin Sasha Cottman.

Visit
Jessica Gregory Books

*"Ready to take that next step with me, Vivian?
To Planet Billionaire."*

VIP Members Story
An Italian Villa Escape
visit www.jessicagregorybooks.com

Instagram TikTok

Bücher von Jessica Gregory

House of Royal

Royal Resorts

Undercover Milliardär - Royal Resorts